教育部人文社会科学研究青年基金项目资助（项目编号15YJC752009）

CHICAGO
IN AMERICAN LITERATURE

笔端的芝加哥
美国文学中的城市书写

管阳阳 著

复旦大学出版社

序　言

在以"城市书写"为切入点的文学研究著作中,管阳阳的《笔端的芝加哥:美国文学中的城市书写》是"视阈"与"文学"的关系处理得比较恰当的成果之一,这在当下实属难得。这部研究成果避开已成学术八股的"理论引导",直接聚焦文学文本,开篇从历史、社会和文化几方面对研究对象中的"城市"(芝加哥)进行全面描述,随即以细致扎实的文本(书写)研读为基础,对美国文学中以芝加哥为域场(情节发生地、地理语境等)的 7 部经典作品(也包括一些相关作品),从"城市""居民""体验"三个角度进行有深度有创见的研究。她在《嘉莉妹妹》中读到"无限的欲望"和"崩坍的传统"这两条"20 世纪初城市守则",在《深渊》中点出使人们不顾城市的丑陋现实依然奋力投身其中的那股"漩涡",在《屠场》研究中揭示了作品中移民在芝加哥从希望到破灭的现实痛苦;对《土生子》的解读中,管阳阳在通常的种族矛盾分析之上,更深一步揭示了种族问题背后超越语言本身的话语体系问题,而对《院长的十二月》的解读中,她则更全面地分析了美国族裔顽症的难解甚至无解;在分析《奥吉·马奇历险记》和《洪堡的礼物》时,管阳阳指出,文学作品中的城市印象与人物的个体体验和语境密切相关,对芝加哥这样的多面城市,需要通过多样且丰富的经历才能有一个比较全面的认知。同样,要全面准确地了解本研究成果对美国文学中的城市书写的贡献,需要读者读进本书的各个章节。

关于这部研究成果,还有两点是我觉得需要特别指出的:一是理论适用问题;二是研究的当下意义。上文说作者避"理论视阈"而不用,绝不是说本研究没有或未借助任何理论视角,恰恰相反,在本研究中,理论随处可见,更重要的是,理论在这里不再是做虎皮的大旗,而回归其"工具"本质,换句话说,理论助力文学研究,而理论本身隐于无形。谨举数例:在分析《深渊》的人物时,作者显然借用了女性主义与性别研究"凝视与被凝视"的思路,将人物活动场所看作"舞台",也多少有当代"表演理论"的影子;在《屠场》《奥吉·马奇历险记》和《洪堡的礼物》研究中,稍有理论基础的读者一定能看到文学地图学及空间理论对场所-场域的分析;对《土生子》的研究同样得力于空间批评理论、社会语言学和心理语言学,如此等等,不一而足。作为一位勤奋的、学风扎实的青年学者,管阳阳似乎未受"理论焦虑"的影响,坚持聚焦于文学作品,在研究中借用合适的理论视角提出一些有见地的观点,这在当下的文学研究中是可贵的坚持。

虽然这部研究成果的研究对象是美国文学中的芝加哥,虽然这些经典文学中的芝加哥形象是往昔的写照,我在阅读《笔端的芝加哥:美国文学中的城市书写》时却始终觉得,这些作家笔端的芝加哥,难道不还是当今美国的芝加哥?难道不是当今美国的城市？难道没让人觉得有些问题、有些情节，在当下我们自己的城市里、在我们自己的身边也有发生，也在发生，也可能发生？《嘉莉妹妹》中关于置身大城市时的"欲望"和"道德"问题，《深渊》中关于小麦交易及其对人物心理道德行为的影响，《屠场》中大城市作为"移民的希望之乡"、城市移民的居住分区及其对人物的影响，《土生子》中会说英语和用英语作为思维方式之间的本质差异，《院长的十二月》中种族矛盾对城市治安的具体问题和道德正义的法律问题的纠结等，都让我们想起自己的城市和别人的城市，都让我们想起发生在我们周边和他人周边的事情，都让我们体会到经典作家笔端的芝加哥的当下意义，都让我们体会到置身于人类命运共同体。这也是管阳阳这部研究成果的当下意义。

张　冲
2021 年 12 月 10 日

目录

导论 / 1

第一章　多面的芝加哥 / 12
　　《嘉莉妹妹》：进城姑娘的花花世界 / 13
　　《深渊》：投机商人的冒险漩涡 / 32
　　《屠场》：外来移民的希望之乡 / 60

第二章　谁的芝加哥 / 79
　　《土生子》：白人世界与黑人地带 / 80
　　《院长的十二月》：种族问题还是城市问题 / 95

第三章　受困的芝加哥 / 113
　　《奥吉·马奇历险记》：芝加哥都市体验 / 116
　　《洪堡的礼物》：芝加哥城市困惑 / 135

结语 / 161

参考文献 / 167

致谢 / 178

导　论

　　百老汇经典歌舞剧《芝加哥》（*Chicago*）自 1975 年上演以来，经久不衰，其中不少歌曲和舞蹈片段广为流传，该剧也成为百老汇历史上上演时间最久的歌舞剧之一。基于该剧改编而成的电影于 2002 年上映，并随后获得第 75 届奥斯卡最佳影片奖。歌舞剧讲述了发生在 20 世纪 20 年代的芝加哥城中的一起谋杀案，其开篇唱道："女士们、先生们，你们将会看到一个关于谋杀、贪婪、腐败、暴力、利用、通奸和背叛的故事。"20 世纪 20 年代的芝加哥便在剧中被贴上了这些标签。这也成为芝加哥在以歌舞剧和电影为代表的流行文化中最突出的城市意象。

　　芝加哥的城市意象，不仅是在流行文化中，在美国文学中也十分突出。桑德堡（Carl Sandburg）在 1916 年发表的题为《芝加哥》（"Chicago"）的诗作中如此描绘这座城市：

　　　　给全世界宰猪的、
　　　　造工具的、垛麦子的、
　　　　跑铁路的、搞全国船运的人，

> 粗暴，强壮，吵闹，
> 宽肩膀的城市：
>
> ……
>
> 光着头，
>
> 挥铁锹，
>
> 搞破坏，
>
> 搞计划，
>
> 建呀，毁呀，再建呀，
>
> 烟雾底下，他满嘴灰尘，敞着白牙大笑，
>
> 在命运的重压下，他笑得像个年轻人，
>
> 笑得简直像个从没吃过败仗的天真战士，
>
> 吹牛呀，笑呀，他的脉搏在手腕里跳，人民的心在他胸膛里跳，
>
> 笑呀！
>
> 笑呀，粗暴、强壮、吵闹的年轻人，光着膀子淌着汗，得意自己是宰猪的、造工具的、垛麦子的、跑铁路的、搞全国船运的人。①

如此一个"粗暴、强壮、吵闹"的芝加哥产业工人的形象跃然纸上。不论普通芝加哥人是否读过桑德堡的这首诗，在他们的日常对话中，"宽肩膀的城市"（City of the Big Shoulders）

---

① 卡尔·桑德堡，《桑德堡诗选》，邹仲之译，上海：上海译文出版社，2018。3—4页。

和"劳动之城"(The City that Works)成为整个芝加哥城市的代名词。"几乎所有芝加哥作家都会同意将这个城市视为一个原始的、粗野的力量,这简直就是现代生活的状况,表现为机器、流水线、摩天大楼、铁路、巨大的工业机构和庞大而冷漠的大都市那令人畏惧的力量。"① 甚至连这个城市的名字芝加哥(Chicago)本身,也很可能与"大"这个字眼相连。口述史研究学者、作家斯特茨·特克尔(Studs Terkel)在其讲述芝加哥城市历史的作品中,提及芝加哥名字的由来:"这些被驱逐的本土裔把这块大草原诗意地称为 Chikagou。有人说这是印第安方言中的'野洋葱之城'(City of the Wild Onion);也有人说其真正的意思是'气味浓重之城'(City of the Big Smell)。在这些部分之中'大'肯定是关键词。"②

然而,仔细反思,如此标签与概括是否反映出了一个真实的芝加哥呢?对于那些从未到过芝加哥的人而言,对这座城市的印象很可能来源于某则新闻、某部电影或者小说。通过这些媒介,人们获得了关于芝加哥城市的一种模糊的整体印象。但是,这些印象可靠吗?或者,在何种程度上是可靠的?对于那些真切生活于芝加哥的城市居民而言,他们的城市体验更为直接,可是这种切身的接触所得到的城市印象又是全面而客观的吗?同时,他们的切身体验与各类文字或艺术媒介中所描绘出的芝加哥是一样的吗?如果是不同的,那么究竟哪一种芝加哥才能被称为"真实的"芝加哥呢?又或者说,一个人们感觉

---

① 莫里斯·迪克斯坦,《途中的镜子:文学与现实世界》,刘玉宇译,上海:上海三联书店,2008。46页。
② Terkel, Studs. *Studs Terkel's Chicago*. New York: The New Press, 2012. 10.

真实的芝加哥是如何塑造而成的?

毋庸置疑,在芝加哥城市意象逐渐浮现的这一过程中,文字的塑造力量不可忽视。不论是人们的日常交谈、新闻报道或者是文学艺术作品,这些口头的或书面的文字,都在或具象地或抽象地描述着人们所生活的城市。就文学而言,如果仔细考察西方文学的源流与发展,我们会发现城市意象一直都占有一席之地,从荷马史诗中那些伟大的古典城市,到现当代文学中充满欲望与诱惑的都市丛林。很难想象一部没有了那些伟大古典城市的《伊利亚特》(*The Iliad*, 750 BC),也很难想象一部发生于芝加哥和纽约之外的《嘉莉妹妹》(*Sister Carrie*, 1900)。从某种程度上而言,城市与文学之间有一种天然的互动。城市并不是冰冷的空间,城市文本本质上是一种文化话语。在城市发展的过程中,社会学家和史学家试图用不同的范式和概念系统来理解城市,而文学家则通过文学想象来书写城市。美国学者理查德·利罕(Richard Lehan)提出"城市和关于城市的文学有着相同的文本性",同时他指出"阅读文本已经成为阅读城市的方式之一"①。

城市历史发展的每一次关键性转变都影响着文学中的城市书写,而同时城市文本也在很大程度上塑造了不同历史时期的城市意象,影响着人们对于城市的理解。也就是说,城市文本在一定程度上反映了某种特定的文化模式。城市历史与文化研究学者刘易斯·芒福德(Lewis Mumford)指出:"通过对自然

---

① 理查德·利罕,《文学中的城市——知识与文化的历史》,吴子枫译,上海:上海人民出版社,2009。9 页。

空域的取舍，城市就把某个历史文化和某个历史时代，对于这座城市的存在这一基本事实都曾经采取过什么态度，通通记录下来……所以，城市既是人类解决共同生活问题的一种物质手段；同时，城市又是记录人类这种共同生活方式和这种有利环境条件下所产生的一致性的一种象征符号。"① 比如在古代，人类的城市和圣殿是依据上帝或者神的范本而建。但是，一旦这些上天的范本变成地上的城市，城市的意象也就同时转变为一种骄傲与罪责并存的矛盾意象。特别是《圣经》中的"该隐的城市"（Cain's city）成为西方文化源流中对于城市起源的一种强烈的文学隐喻。该隐因杀害兄弟亚伯而遭到放逐，但上帝同时又给了该隐一个印记，使他免于被杀，随后该隐来到挪得之地建立了第一座城市。

当然，随着现代意义上的城市的出现，"都市"或者"大都市"一词逐步取代了"城市"这一表达。在城市化与现代化的进程中，一种新的城市或者说都市综合体出现了，同时出现的还有资本的自由流动与现代的生产和生活方式。因此，文学中的城市意象随之变化，反映了人们对于商业城市、工业城市和全球化大都市的不同态度与认识。现当代文学中的发展与流变，从现实主义到自然主义，从现代派到后现代派，都见证了城市的蜕变。城市文本的书写也在一定程度上抛弃了那种骄傲与罪责并存的该隐之城的模式，又或者说在很大程度上不断丰富这一模式，从笛福（Daniel Defoe）对现代城市所代表的

---

① 刘易斯·芒福德，《城市文化》，宋俊岭等译，北京：中国建筑工业出版社，2008。4页。

理性的赞扬，到后现代作家对城市中异化力量的敌意。

伴随这种丰富与发展而来的是另一个问题，现代都市人如何可能在整体上理解城市？因为当大都市发展成为一种综合体之后，便在意味着一种丰富性的同时，也传达出一种不可进入的复杂性。一个都市人所面对的永远是一系列片面的认识及据此形成的碎片般的城市印象。所以说，作为都市人的作家在进行城市书写的时候，所依赖的总是这些碎片；而在另一方面，作家依靠文学想象又将这些碎片黏合，或者将某些碎片放大成为整个城市的意象。

选取"芝加哥"作为研究美国现当代城市文学的范本，首先是因为芝加哥城市本身的典型性。芝加哥这座城市不仅仅是美国的一座大都市，它更是当代大都市发展与建设的典型代表。许多为当代人所熟悉的大都市象征都与这座城市有着不解之缘，比如摩天大楼、高架路、大型企业。这些与当代城市建设和大都市发展密不可分的事物，最早都在这座城市中兴起。可以说，芝加哥的城市建设和城市发展为之后的许许多多城市提供了范本。这座城市虽然年轻，但是它的发展轨迹见证了19世纪至20世纪西方的现代化进程与城市在这一过程中的快速转型。

芝加哥这座美国中部草原上的城市，从19世纪开始就经历了一个从无到有的发展奇迹，几乎是"一夜之间"建成的。19世纪30年代，芝加哥因其毗邻密歇根湖这一得天独厚的地理条件，逐渐成为美国中部大草原上的重要港口。这里农业并不发达，不能自给自足，主要依靠货运贸易和各类加工厂。1837年，芝加哥宣告建市，颁布了城市宪章，划分了早期的行政区，成立了市议会，选举出了市长。"芝加哥越来越像是一座城市，越来越不像边境定居地。"① 之后城市的经济发展越来越依靠交通运输业和工业。芝加哥身处美国中西部腹地，水路和陆路交通都十分便捷。它一方面背靠大湖区，拥有众多港口；另一方面贯穿城市的芝加哥河，连接了五大湖和密西西比河水系。因此，城市的水路交通非常发达，在19世纪中叶便拥有了当时世界上最大的轮船和运河。此外，在19世纪50至70年代，伴随着城市工商业的起步，以铁路公司为主导的铁路线路设计和建设迅猛发展："新的铁路线路在19世纪后半叶改变了贯穿伊利诺伊和中西部的市场动态。现在，原先不切实际地远离运河的边缘农场也可以加入芝加哥新的市场体系。"② 同时，城市内铺设了大量的木板路，方便货物转运，再加上电报机的普及，城市的通信也变得异常快捷。依靠着芝加哥的水路和陆路交通枢纽，美国中部的木材、粮食、牛肉和猪肉被源源不断地运往全国各地，乃至世界各地。

交通运输业的发展带动了芝加哥的工业繁荣。早在19世纪30至40年代，芝加哥河沿岸就出现了各类生产制造活动，无论是肉类屠宰还是木材加工，都刺激着城市经济的快速增长。到了19世纪中叶，更为广泛的原材料运输进一步加速着

---

① Mayer, Harold M. & Richard C. Wade. *Chicago: Growth of a Metropolis*. Chicago and London: The University of Chicago Press, 1973. 20.
② Pacyga, Dominic A. *Chicago: A Biography*. Chicago: The University of Chicago Press, 2009. 27.

城市机器的运转，芝加哥成为全国粮食的运输中心和肉类的屠宰加工中心。蓬勃的交通运输业还在19世纪后半叶激发着新科技的创造：为了更高效地转运大量的粮食，在芝加哥出现了电梯；为了减少肉类运输途中的腐烂变质，在芝加哥出现了冷藏车。同时，为了满足中部地区对于农机的需求，芝加哥的钢铁业和机器制造业也快速发展。

工业的繁荣带来了城市人口的急速膨胀，二三十年间，芝加哥的城市人口就翻了十倍，城市规模随之扩大，住宅区不断向外蔓延。公共交通为了满足大量居民的通勤需求也不断升级，从马拉的大车到有轨公交车，还有连接郊区的铁路。"芝加哥是用一个人一辈子的时间建成的。"① 到1871年，芝加哥已然成为全美，乃至全世界的铁路、牲畜、谷物和木材中心。

然而，1871年的大火将一切都化为灰烬。这场大火连烧了三天，城市的商业区全部被毁，大部分高档住宅区也未能幸免，有近三分之一的城市人口无家可归。毋庸置疑，大火给城市带来了重创，但并没有阻挡城市成长的速度，在大火后的二十年间，芝加哥成为美国第二大城市。一方面，芝加哥建筑学派摒弃大火前的木质，转而尝试坚固性和防火性更好的钢铁结构，由此开启了现代摩天大楼建筑的序章。在此后的几十年间，芝加哥建筑学派所倡导的新材料、新技术、新审美不仅铸就了让芝加哥人引以为傲的高耸天际线，也塑造了以城市摩天大楼群

---

① Mayer, Harold M. & Richard C. Wade. *Chicago: Growth of a Metropolis*. Chicago and London: The University of Chicago Press, 1973. 106.

为标志的芝加哥工商业精神和现代大都市气质，同时更加深远地在世界范围内影响了20世纪的城市风貌和建筑美学。另一方面，在城市高度不断增长的同时，芝加哥的城市范围也在重建中继续扩大，公共交通的进步与发展为城市扩张提供了助力，无轨电车、高架铁路系统都在接近19世纪末的时候形成了连接市中心和郊区的快速交通系统。城市人口也随着工商业的快速发展而迅猛增长，到19世纪末已经远远超过100万。市中心的住宅区出现公寓楼这种能够容纳更高人口密度的新的住宅形式，而随着公共交通的便捷发展，郊区的住宅区不断外扩，周边的乡村不断并入城市，以制造业和屠宰业为主的工业区也在向外扩张。

1893年在芝加哥举办的世博会似乎是对二十余年的大火后城市重建的完美总结。这场在哥伦布到达美洲400年之际所举办的博览会宣告了美国的崛起，被称为是"改变美国的一届世博会"，世界的重心从欧洲移至了北美，芝加哥这座年轻的城市，也当之无愧地成为世界大都市之中的耀眼明星，因为它向世人展示了美国城市的无限可能性。有人赞它的发展速度，认为无论是自然还是人力都无法阻挡其滚滚向前的机器齿轮，它已经华丽转身为一个能够强有力地控制住其野蛮天性的美好地方。《伦敦时报》曾这样描述芝加哥的特征："悬空笼罩的浓烟；街上满是忙碌、快步行走的人群；铁路、船只和各类交通工具的大聚集；还有对万能美元的极致热忱，这些都是芝加哥的突出特征。"[①] 也有人指责它的无序、脏乱和丑陋，

---

① Pacyga, Dominic A. *Chicago: A Biography*. Chicago: The University of Chicago Press, 2009. 101.

无法忍受它的粗鲁和躁动。英国作家鲁德亚德·吉卜林（Rudyard Kipling）于19世纪80年代访问过芝加哥之后，曾公开表达对这座城市的厌恶："见过它，我迫切希望再也不要见到它。这里居住的都是野蛮人。水是胡格利河①的水，空气是尘土。"无论如何，既背靠丰富的物产资源，又面向广阔的市场，天然具有优势的地理环境加之处于供求关系的关键位置使得这座城市在荒野上诞生，交通运输业、钢铁制造业、屠宰业等产业依势迅猛发展，加之庞大的外来移民劳动力和逐渐积累雄厚的资本促成了芝加哥作为一座现代大都市在19世纪快速崛起。

芝加哥城市经历了从无到有的发展奇迹，而其城市意象的塑造也经历了相同的从无到有的过程。依赖芝加哥城市活力所诞生的芝加哥文学在美国文学中自成一体，成为城市文学的一个丰富样本。大量芝加哥及周边地区出生的作家不约而同地将自己的文学创作集中于这座生养他们的城市身上，同时他们写作所涉及的人物与领域广阔而特色鲜明，无论是城市中衣冠楚楚的中产阶级还是食不果腹的产业工人，无论是城市内核破败不堪的贫民窟还是滨湖地区叹为观止的现代工商业发展，都在他们的作品中获得了鲜活的生命。芝加哥城市文学的丰富性使其成为考察现当代城市书写的一个绝佳范例。

本书第一章聚焦于20世纪初的芝加哥城市文学，重点考

---

① 胡格利河（the Hooghly）为印度西孟加拉邦的一条河流，流经该邦高度工业化地区。

察西奥多·德莱塞（Theodore Dreiser）的《嘉莉妹妹》、弗兰克·诺里斯（Frank Norris）的《深渊——芝加哥故事》(*The Pit: A Story of Chicago*, 1903) 和厄普顿·辛克莱（Upton Sinclair）的《屠场》(*The Jungle*, 1906)。这三部小说从不同侧面反映了芝加哥城市在20世纪初的城市面貌与工商业发展，同时也揭露了城市作为一股不可抗拒的力量，对于都市人的深刻影响。

第二章重点考察理查德·赖特（Richard Wright）的《土生子》(*Native Son*, 1939) 和索尔·贝娄（Saul Bellow）的《院长的十二月》(*The Dean's December*, 1982) 两部小说，关切芝加哥城市随着大量黑人移民的到来而产生的根深蒂固的种族问题，以及由此衍生的城市问题。

第三章集中考察贝娄的两部长篇小说《奥吉·马奇历险记》(*The Adventures of Augie March*, 1953) 和《洪堡的礼物》(*Humboldt's Gift*, 1975)。这两部作品均生动且颇具深意地刻画了芝加哥的城市意象，并深入探讨芝加哥城市症结之所在和居于这座城市中的都市人的精神与心理困惑。

第一章
多面的芝加哥

19 世纪末 20 世纪初的芝加哥已经具备了现代大都市的雏形。虽然芝加哥城市规模自 19 世纪中期开始不断扩张,但在 1889 年,城市一举获得周边 125 平方英里(约 324 平方公里)的面积,城市人口也由此突破 100 万,成为城市历史上最重要的一次扩张。在这一时期,城市内部各种现代基础设施也一应俱全:宽阔的马路、延绵不绝的住宅区、热火朝天的工业区、繁荣热闹的中心商业区、戏院、赌场、酒吧。彼时的芝加哥是一座典型的工业城市,城市的支柱产业是铁路运输业和屠宰业,产业工人占据城市外来人口的绝对多数。

随着这座现代大都市的崛起,文学中芝加哥的城市意象也逐渐浮现,并变得清晰具体。仅就 20 世纪初的芝加哥城市书写而言,便可发掘出西奥多·德莱塞的《嘉莉妹妹》、弗兰克·诺里斯的《深渊》和厄普顿·辛克莱的《屠场》3 部在美国文学史上占据一席之地的经典作品。这 3 部发表于 20 世纪初的作品都在很大程度上对处于世纪之交的芝加哥城市进行了详细而深入的描摹。面对现代都市的复杂综合体,尽管作家所面对的是同样的芝加哥城市现实,但其城市书写不可避免地呈现出碎片化和多面性。也就是说,作家进入城市书写最主要的途径是一种还原与隐喻。于是,芝加哥在不同的作品中,时而变成了五光十色的消费场所,时而变成了充满艺术激情的大戏院,时而变成了金融冒险家的投机天堂,时而又变成了运转不休的工业机器。

《嘉莉妹妹》:进城姑娘的花花世界

《嘉莉妹妹》是德莱塞发表于 1900 年的长篇小说。小说开篇的叙事时间是 1889 年的 8 月间,18 岁的嘉莉妹妹孤身一人坐在前往芝加哥的火车上,她思索着一个问题:"芝加哥这个城市是什么样儿的?"她所得出的答案是:"不管怎么说,芝加哥可大啦。五光十色,市声嘈杂,到处是一片喧腾。人们都很富。大的火车站不止一个。"① 嘉莉妹妹此时的回答可能连城市的初印象都算不上,因为她这个乡下姑娘从未见识过真正的芝加哥。德莱塞将她形容为"一个装备不齐的小小骑士,冒险到这个神秘的大城市去侦察"(2)。在小说开篇,不难看出嘉莉对于芝加哥知之甚少,对于这趟进城之旅也显得准备不足,仅凭着一腔充满少女幻想的热情便一头冲进了五光十色的大都市。

---

① 西奥多·德莱塞,《嘉莉妹妹》,潘庆舲译,北京:人民文学出版社,2012。1—2 页。以下原文引用均出自同一版本,在正文中只标记页码。

这类乡下青年来到城市闯荡的叙事模式并不少见，在德莱塞之前的 19 世纪英国现实主义作家如狄更斯（Charles Dickens）或法国现实主义作家如巴尔扎克（Honoré de Balzac）等的作品中，都可以找到许多类似的主人公。这些来自外省的青年人往往一开始有着一套基于乡村生活的自洽的价值观，并不成熟老练的他们猛然间来到新鲜而陌生的城市，一瞬间面临着身份、财富、阶层等多维度的文化冲击，自己原有的价值体系很快就变得支离破碎，主人公必须重新塑造适应城市生活的价值观，进而重塑自我。这种冲击与重塑来自城市所具有的一种力量，同时"对于个体来说，城市的力量如此巨大，以至于失去了人性的尺度（同时也就丧失了人性的价值）"①。也就是说，这种城市的力量的来源之一是其规模之大，个人在城市的庞大尺度面前丧失了一切，无数人与物的集中创造出一种新的景观，即雷蒙·威廉斯（Raymond Williams）所提及的那样："到了 18 世纪，习惯于通过被普遍接受的知识和文学形式来看待周围环境的人不得不注意到有关风景的另一个巨大的变化：急剧扩张和变化的城市。"② 这种变化，即 18 至 19 世纪工业城市的迅速崛起与发展，促使文学中的城市意象发生了重要的转变。

例如，在 18 世纪的英国诗歌中，"伦敦"的城市意象从原先单一的王权威严的象征，逐渐变得具有一种复杂性。比

---

① 理查德·利罕，《文学中的城市：知识与文化的历史》，吴子枫译，上海：上海人民出版社，2009。265 页。
② 雷蒙·威廉斯，《乡村与城市》，韩子满等译，北京：商务印书馆，2013。201 页。

如，在布莱克（William Blake）的诗歌中，出现了"乡村与城市之间简化的对比"，这种对比形成了一种"抗争"，"他抗争的目的就是要'在英格兰那绿色的快乐土地上建立/耶路撒冷'：建立圣地以抗争邪恶的城市"①。又如，在与之同时代的华兹华斯（William Wordsworth）的长诗《序曲》（"The Prelude"，1850）中，诗人对于伦敦的印象更多的是"惊叹于深受吸引的感觉"，诗人感叹"进入'庞大壮观'的伦敦城，对任何'头脑之外的东西竟能获得如此强大的影响力'无比惊异，感到'数百年的重压'，'力量在重压下增长'"②。虽然伦敦不能算作是典型的工业城市，但是自 18 世纪起，城市规模与风貌都发生了快速而剧烈的变化。无论是布莱克透过扫烟囱的孩子所看到的邪恶城市，还是华兹华斯透过城市的庞大壮观所感受到的城市力量，都反映出随着城市的膨胀而产生的新的城市意象和城市文化。

在 19 世纪现实主义小说逐渐走向巅峰的过程中，城市也自然而然地成为现实主义小说的重要场景。特别是在 19 世纪后半叶工业革命的推动下，工业城市逐步取代了商业城市，城市里的一切都发生着更为剧烈的变化；而敏锐的小说家捕捉到了这种变化以及推动这种变化发生的背后力量。威廉斯将其概括为"社会流动性"，并说明"它也是人和物之间已经改变了的关系，彻底改变了的关系，城市就是这种变化的最明显的社

---

① 雷蒙·威廉斯，《乡村与城市》，韩子满等译，北京：商务印书馆，2013。211 页。
② 同上，211—212 页。

会和视觉体现"①。如果用这种"社会流动性"来考察前文提到的乡下青年来到城市闯荡的这种小说叙事模式,就不难发现,小说主人公旧有的价值观受到冲击、破碎又重构的过程,正是这一流动性的体现。"城市不仅作为一种异化的和冷漠的体制,而且作为未知的,或许也是不可知的、如此多的生命的总和,这些生命在推挤、碰撞、瓦解、调整、认可、停留,再向新的空间移动着。"② 在这种视角之下,此类现实主义小说中的城市,不再仅仅是一种场景或沉默的置景,而是一种鲜活的力量,推动着小说中的人物成长成熟,甚至走向衰败和毁灭。

在德莱塞的《嘉莉妹妹》中,小说开篇便提到了"大都市道德标准":"一个女孩子十八岁离家出门,结局只有两种。要么遇好人搭救而越变越好,要么很快接受了大都市道德标准而越变越坏。"(2)可见,大都市的道德标准只能诱导年轻女子走上邪路,因为"这个大都市里到处有狡诈的花招,同样还有不少比它小得多、颇有人情味的诱人的东西。……这些光怪陆离的景象不是那么容易让人识破,它们表面上的美有如靡靡之音一般,往往使头脑简单的人先是思想松懈,继而意志薄弱,最后便堕落下去了"。(2)在小说开篇,德莱塞便将大都市塑造为一股诱惑人心、腐蚀人心的鲜活力量,并暗示在大都市道德标准的诱惑之下一个年轻女孩在都市中的结局之一便是堕落。

---

① 雷蒙·威廉斯,《乡村与城市》,韩子满等译,北京:商务印书馆,2013。231页。
② 同上。

德莱塞作为自然主义作家，虽然同样是刻画一个从乡下进城的年轻姑娘，独自面对城市巨大的诱惑力量，但他又与19世纪的现实主义作家有所不同。最为突出的一点是，在谈及"大都市道德标准"之时，《嘉莉妹妹》小说中的叙述者更多的是试图站在一种旁观的角度来叙述大都市中的事实，就如同叙述大都市中车水马龙的街道一般，表面上并没有过多的引导和价值判断。德莱塞的这种自然主义写作风格与其对赫伯特·斯宾塞（Herbert Spencer）思想的吸收利用，以及对巴尔扎克作品的阅读都密切相关。尤其是斯宾塞的社会达尔文主义对德莱塞的影响在《嘉莉妹妹》这部小说中非常突出，即：与自然界一样，社会生活也同样遵循适者生存的原则，不能适应环境的物种在自然界中会被淘汰，在社会生活中亦是如此。同时，"社会领域是一个有机的统一体，受不定向的自然力量或人为力量的控制"①。也就是说，德莱塞小说中的人物在很大程度上受到了外力的控制，从而丧失了自由意志的主导权。这种外力在《嘉莉妹妹》中突出地表现为大都市所具有的一种力量。这让德莱塞的自然主义小说一方面与19世纪现实主义小说有着明显的区别，另一方面，相比于杰克·伦敦（Jack London）这样善于突出大自然影响力的美国自然主义作家而言，德莱塞又有着自己鲜明的城市小说主题。

在《嘉莉妹妹》中，这种大都市所具有的力量是物的力量，换言之，德莱塞在小说开篇所提出的"大都市道德标准"

---

① 赫伯特·斯宾塞，《第一原理》（*First Principles*）。转引自理查德·利罕，《文学中的城市：知识与文化的历史》，吴子枫译，上海：上海人民出版社，2009。261页。

是一种基于物的道德评判标准。这种物的力量在小说中又进一步具象化为"金钱"的力量。在小说第七章开头，嘉莉妹妹的金钱观便明明白白地展现在读者面前："常言道：'金钱既然人人都有，我也非有不可。'这一语道破了她的金钱观。"（65）此时的嘉莉刚刚与德鲁埃偶然重逢，手里正握着德鲁埃硬塞给她的"两张软软的、漂亮的绿色十块头钞票"（64），她感觉"有一根神奇的套索把自己跟他拴在一起了"（64），虽然嘉莉可能根本来不及细想把他们拴在一起的究竟是感情还是金钱。在嘉莉眼中"这些钱本身就具有某种特殊的力量"（65）："现在她终于会有一件漂亮的外套了。现在她要买一双精美的有漂亮纽子的鞋了。再要买长筒袜子，还有一条裙子，还有，还有——直到她就像那一次盘算即将拿到薪资那样，她的欲念超过了自己现有两张钞票的购买力的一倍以上。"（65）显而易见，这些金钱的力量在大都市中可以得到最大限度的发挥，因为金钱所代表的购买力能够在大都市中轻而易举地转化成各式精美漂亮的物品。

城市的这种能将金钱轻而易举地转化为各种外在显示物的力量，集中体现在大都市的百货商店中。百货商店本身便是为大都市所特有的一个极富象征意义的场所。德莱塞用极具新闻报道写实的笔调在小说中这样介绍大都市中的百货商店："那时节，百货商店刚开始兴起，只有那么寥寥无几的几家。美国最早的三家，创始于一八八四年，都在芝加哥。"（21）在潘庆舲的中文译本中，此处有一则注释写道："芝加哥第一家百货商店创始于一八六八年，实际上，纽约此前已开设了两家百货商店。"虽然德莱塞的数据不准确，但这并不影响他将百货商店作为大都市的一个地标性场所来进行细致的观察和描摹。毋庸置疑，芝加哥作为 19 世纪末快速崛起的新兴大都市，拥有百货商店这种巨大的零售业联合体，并以此为中心，形成了新的都市消费文化，从而深刻地影响着都市人的金钱观和价值观。城市文化学者刘易斯·芒福德这样分析百货商店的影响机制："因为在一座建筑中提供给购物者最大数目可供选择的商品，通过同时提供多种多样的诱惑从而使消费机会大增，有时它甚至使得日常花费开支增加，并使廉价货品柜台的竞争更激烈地呈现。"① 正是百货商店所提供的这种商品数量和种类的前所未有的大集中模式，促成了大都市中新的消费形式和消费习惯的形成，即：在百货商店，购物者手中的钱可以轻而易举地花掉。

德莱塞也同样在小说中描写了当时芝加哥百货商店中货品最大限度的集中，以及其对嘉莉所产生的无法抗拒的吸引力：

> 这种纯属简单的贸易居然会如此繁荣兴盛——在此以前，世界上还不曾见过。它们根据最有效的零售组织方针，将好几百家铺号合成一家，并在最令人叹服而又最经济的基础上进行策划。这些漂亮、热闹、职工众多的铺号，总是生意兴旺，顾客盈门。嘉莉沿着繁忙的柜台之间的过道走去，对琳琅满目、美不胜收的珠宝、饰物、服装、鞋子、文具等商品简直艳羡不已。每一个单独陈列的柜台，都是

---

① 刘易斯·芒福德，《城市文化》，宋俊岭等译，北京：中国建筑工业出版社，2008。302 页。

令人眼花缭乱、心往神驰的博览会场馆。(21)

这是嘉莉妹妹第一次走入百货商店,彼时她刚来到芝加哥这座大都市,正想着努力在城里找到一份工作,站稳脚跟。在接连询问了几家公司未果之后,嘉莉妹妹在别人的建议之下来到百货商店碰运气,看看这里是否有合适的职位。但是,当嘉莉妹妹走入百货商店的那一刹那,琳琅满目的华美商品对她的冲击一下子让她淡忘了求职的急迫,这里是商品的博览会,这里的一切都刺激着嘉莉的感官。德莱塞把嘉莉这种对物质世界的敏锐感知能力和欣赏能力归结为一种天然的能力:"走过盛开的玫瑰花,她可以视而不见,但是花花绿绿的一叠绫罗绸缎,她决不会不仔细地看个够。"(22)可见,对物的欣赏与渴求是嘉莉妹妹的一种本能。而百货商店也在客观上最大限度地迎合并激发了嘉莉的这种本能,"(百货商店的)这些玻璃窗通过将外面的人的影像映射在里面大量聚集的物品之上而彻底改变了里面的人和外面的人的关系。……事实上,平板玻璃将购物的概念从满足欲望变为了创造欲望,把购物者变成了探究人类行为秘密的'业余心理学家'"[1]。由此,购物这样的行为不再仅仅止步于买卖交易,观看本身也变得具有心理学上的意义。

当嘉莉的这种本能为百货商店所触动之后,她马上就洞见了大城市的奥义:"她模糊不清地意识到大城市里许多迷人的

---

[1] Gelfant, Blanche H. "What More Can Carrie Want? Naturalistic Ways of Consuming Women". Donald Pizer ed. *The Cambridge Companion to American Realism and Naturalism*. Shanghai: Shanghai Foreign Language Education Press. 2000. 180.

奥秘——财富、时髦、安逸——这一切都使女人为之熠熠生辉,于是,她就更过分醉心于渴求华美服饰和美貌了。"(23)虽然嘉莉置身芝加哥不过短短几天,但她这个懵懂之间的想法却点出了20世纪初大都市的两条重要守则。

第一,城市的一条重要逻辑是欲望永远不会被满足。德莱塞在小说中把嘉莉妹妹进城生活的过程比喻为花木移植:"就算是花木也不见得都能移植成功,女孩子也这样。要使花木继续自然生长,有时需要更加肥沃的土壤,更加良好的空气。要是适应气候过程比较循序渐进,而不是操之过急的话,那结果就会更好些。"(55)嘉莉原本来到芝加哥的打算是投靠姐姐和姐夫,希望自己在城市里能够有工作和收入。但是,她作为一个完全没有任何经验的新人,刚开始在找工作的过程中屡屡碰壁,并不顺利,后来勉强在一家制鞋公司找到一份工作,可是高强度的劳作和糟糕的工作环境只让她的心中感受到强烈的落差:"她觉得这样的生活简直受不了,跟她想象中的打工完全不同。漫长的一个下午,她心中自始至终想着厂房外面的这个大城市中的豪华的商店橱窗、熙熙攘攘的人群,以及漂亮的高楼大厦。"(40)可见,当嘉莉这株小小的植物移植到厂房中时,她完全适应不了那里的环境。她无法与身边的其他女工为伍,她抗拒这种身份认同:"看来她们全都听天由命,从某种意义上说是'很庸俗的'。"(54)另一方面,同样在都市中以打工为生的姐姐和姐夫也无法理解她的失落与困顿,在姐夫汉森看来,嘉莉能够这么快在大城市找到一份工作已经是"时来运转"了,"其实不应该不高兴"(51)。不少学者在分析嘉莉与姐姐和姐夫的关系时,都普遍采用了伦理批评的视角,认为"在强大的金钱攻势面前,连骨肉亲情也化为泡影"①。诚然,姐夫汉森关心嘉莉的工作情况的出发点是关心她能为自己家里每周贡献多少进项,但如果从一个务实的城市底层工人的视角来看,嘉莉对都市繁华的向往不切实际,对工厂工作的失望不可理喻。在姐夫汉森和姐姐明妮眼中,以及厂房里的那些男工女工眼中,都市生活意味着在工厂里没日没夜地辛勤劳作,才能保住一家人最基本的吃穿用度,偶有闲钱也不敢挥霍,只盼着积攒下来能够换一处宽敞的住所。然而,这样的城市生活与生存逻辑是嘉莉无法认同的,就好比是一株植物移植到了完全无法适应的土壤中。

相比之下,当嘉莉走进繁华都市的百货商店,当她看着街道上来往的时髦行人,当她畅想自己在城市中的闲适生活,才显得如鱼得水。在她偶遇德鲁埃,手里被塞了20块钱之后,虽然她还没有下定决心是否接受这笔馈赠,但一走进百货商店,"她的那颗女人的心,已经被想要占有这一切的欲念燃烧得旺旺的。这一件她穿上了,该有多好看;那一件又会把她打扮得多么迷人呀"(70)。嘉莉的心已经被物质的欲望牢牢地掌控了,她接下来的一系列犹豫挣扎也只是徒劳。比如,她一边面对着大城市极致的物质诱惑,一边心里犹豫着要不要回到老家哥伦比亚城去,可是她"从玻璃窗里看到了外面人群杂沓的街景,暗自寻思道:这个奇妙的大城市,对那些有钱人该有多么诱人呀。这时,一辆豪华的马车驾着两套栗色马腾跃过

---

① 朱振武,《生态伦理危机下的城市移民"嘉莉妹妹"》,《外国文学研究》,2006年第3期,137—142页。140页。

去,车厢软座深处坐着一位年轻的女士"(72)。恰巧在此时出现的这辆豪华马车,正呼应了嘉莉心中所想,马车上的有钱人模样正是嘉莉所理解的大城市。至于是否回到乡村老家这个议题,其实嘉莉心里早已有了答案:"哥伦比亚城——那里有什么好的在等着她呢?她对那里沉闷乏味的生活太熟悉了。而这里是了不起的、神秘的大城市,依然有如磁石一般吸引着她。"(68)无论是小说开篇坐在驶入芝加哥的列车上,还是随着故事的展开走进城市最繁华的商业区,嘉莉对大城市的认知可谓是始终如一,差别不过是进入城市之前对这里五光十色的生活的向往,变为了眼见为实之后对那些唾手可得的物件的艳羡。

大城市对嘉莉所施展的这种无法抗拒的吸引力是外部物的力量与人内心本能的欲望相结合的结果。"欲望在小说中是一股自然的力量,但是欲望的对象是由社会所塑造的人工制品,充斥着不可实现的幸福美梦。因此永不满足是本体论和文化上的,是人先天的状况,也是社会熏陶的标志。"① 嘉莉本能的欲望就好像是植物的种子,大城市为其提供了生根发芽的沃土,逐步培育其茁壮成长,走向繁盛。大城市物的力量对嘉莉而言是一种诱导的力量,最大程度上激发了她本能的欲望:"在嘉莉的心里,如同许多凡夫俗子一样,本能和欲念在某种程度上说还是胜利者。她完全听从自己的欲念摆布,不是走下决心要走的路,而是很快就随波逐流了。"(78)嘉莉的这种

---

① Gelfant, Blanche H. "What More Can Carrie Want? Naturalistic Ways of Consuming Women". Donald Pizer ed. *The Cambridge Companion to American Realism and Naturalism*. Shanghai: Shanghai Foreign Language Education Press. 2000. 179.

随波逐流体现了自然主义小说中主人公往往不是依据自己的自由意志来决定自己的命运,而是更容易受到周遭社会环境的影响,"城市制造了他们的需求,填充了他们的心灵,满足了他们的希望"①。小说中凸显这类周遭环境对主人公施加难以抗拒的影响的例子比比皆是。例如,德鲁埃带嘉莉领略芝加哥的奢华生活,嘉莉穿着漂亮的衣服,他们去剧院看戏,去餐厅吃夜宵,随后嘉莉承认:"她又成为大城市施加催眠术影响的牺牲品,受到了难以抗拒的超感觉的力量支配。"(83)可见,周遭的社会环境对嘉莉的影响集中体现为一种大城市的力量,嘉莉无法逃脱,也无力抗拒,甚至就嘉莉内心而言,她是心甘情愿受到这股力量的控制,并对此感到喜悦和快活。如果把嘉莉比喻为那株从乡村移植进入大都市的植物,那么芝加哥琳琅满目的商品和奢华享乐的情调就是适合她生长的阳光雨露,这一面的芝加哥可谓是让她的移植不可能不成功。

  同时,嘉莉一旦根植于大城市的沃土之上,她被开启的欲望便没有满足的尽头。当嘉莉住在德鲁埃为其租下的小公寓的时候,遇到了海尔太太,嘉莉从她那里听到了许多关于大都市的财富、地位与享乐之道:"她的知识虽然有了很大长进,但还是比不上她的欲望的觉醒。"(125)虽然她现在所住的小公寓已经是她刚进城的时候所无法想象的了,但是当海尔太太带她驱车前往芝加哥的富人住宅区伊万斯顿观赏过那些花园宅第之后,"她痴呆似的凝望着,不觉暗自惊诧、欣喜、渴慕",

---

① 莫里斯·迪克斯坦,《途中的镜子:文学与现实世界》,刘玉宇译,上海:上海三联书店,2008。56页。

并且"一回来,相形之下就觉得自己这套房间太寒碜了"(126)。小说此处所提到的嘉莉"欲望的觉醒"与她逐渐意识到德鲁埃的缺点,逐渐对他感到厌倦,并开始接受更富有的赫斯特伍德的追求不谋而合。无论是自己所拥有的物质享受,还是自己所依附的人,嘉莉都渴望着更好的:"就嘉莉来说,财富和欢乐的城市生活,唤起了她心中想要爬得更高、生活得更好的欲望。"(150)这种渴求的欲望归根结底也是为大城市所滋养的,因为"城市的逻辑就是制造兴奋和提供刺激"①。大城市中的人在这样的环境下,欲望不断生长,而这些欲望又不断促进城市的繁荣与发展,形成了闭环的双向促进机制。

这种双向的促进机制尤其体现在单身女性作为一股新兴的力量逐渐在大城市中崛起,这是由嘉莉妹妹的芝加哥感悟所引出的第二条大都市守则。除了嘉莉妹妹之外,小说中其实还提到了不少其他单身女性,虽然着墨不多,但也能窥一斑而见全豹。比如,嘉莉和德鲁埃同居时,住在同一幢公寓楼中的有一位铁路司库的女儿,她和母亲一同从小城伊万斯维尔来到芝加哥。这位年轻的小姐与嘉莉年纪相仿,从小城而来的背景也颇为相似,但不同的是,这位年轻小姐有着嘉莉所羡慕的"财力",同时她步态轻盈,能弹会唱,颇有风韵。"对这个年轻小姐来说,芝加哥是新鲜的。她对自己在芝加哥的经历不免感到得意扬扬,因为这在伊万斯维尔是断断乎觅不到的。她强烈地意识到她父母送她来芝加哥深造的优越感,就常常在她举手

---

① 理查德·利罕,《文学中的城市:知识与文化的历史》,吴子枫译,上海:上海人民出版社,2009。269页。

投足之间表现出来。她的举止言谈足以证明她很骄傲自满。"（113）在这位铁路司库女儿的身上，体现出更多的是，芝加哥作为新兴的大都市对于中产阶级单身女性的吸引力，同时如她这般年轻漂亮的女性也在来到大都市的优越感中汲取了心理能量。城市人的新鲜经历让她快速认同了自己城市人的身份。

　　此外，城市中的单身女性还有嘉莉在工厂遇到的女工和在商店遇到的女店员。她们中的许多人年轻单身，且数量庞大。白天她们在工厂做工，在商店卖货；下班之后，"举目四望，到处都是推推搡搡、急急匆匆的人群……年轻的女店员两人一组，四人一伙，有说有笑，匆匆走过"（81）。嘉莉在工作之余，听到她们谈论自己在大城市中的休闲生活："在工厂里，她听见女工们谈到过许多娱乐消遣——都是她一心盼望已久的玩意儿。比方说，在半小时午休里，有四个女工在窗根边听她们的同道讲到自己去标准剧院的经过。"（56）当时的嘉莉还十分羡慕她们闲暇之余去舞会、去公园和湖上玩儿、去跟小伙子们约会。还有前文提及的大城市中的百货商店，它的兴起使得购物变成了一种都市人的主要娱乐休闲方式，"一个工业城镇周六晚涌向商业街的人流是最主要的娱乐和戏剧性的形式"①。百货商店里种类繁多的货品不光是对嘉莉有着无可比拟的诱惑，对这些女工而言，也同样是消费的重要场所。芒福德将其称为"花钱者的天堂"，有钱有闲的中产阶级可以"在柜台和橱窗前流连"，对相对贫穷的工人阶级亦如是："这种

---

① 刘易斯·芒福德，《城市文化》，宋俊岭等译，北京：中国建筑工业出版社，2008。302 页。

获取欲的生活最终象征是大都市体制的终端产品，5美分廉价品商店，这种形式使得购物这种典型的中产阶级刺激现在也向穷人们开放了。"① 至此，大都市在最大程度上满足了单身女性工作劳动与休闲消费的双重需求。

随着19世纪末至20世纪初生产方式的剧烈转变，工业城市的迅速崛起，一方面使得大量的人和物在城市中聚集，另一方面生产效率和工业化程度的提高也使得有钱有闲的中产阶级在扩大，同时工人阶级虽然相比之下生活压力巨大，但是仍旧出现了休闲消遣的需求。哪怕在个体上需求薄弱，但工人阶级群体数量的庞大，也使得大都市在这种新的生产方式之下，产生了新的消费方式，而新的消费方式又促成了新的城市经济增长点。具体来看，新的消费方式之下大都市中出现了新的公共空间，如商业街、咖啡馆、酒吧、出租公寓等，也催生了新的职业，如女店员、女工、舞女，甚至情妇和妓女等。越来越多地向单身女性开放的新的职业和消费方式形成了一个正向的循环，大城市成为循环中心的巨大磁石，不断吸引着越来越多的单身女性向大都会中聚集。结果就是城市对单身女性展现出了一种双面性："单身女性在都市出现，既是生产的原因，又是结果。既是生产的一部分，又是消费对象。"② 这同时也是城市为单身女性提供的发展机遇：一方面可以作为生产的一部分，创造价值；另一方面又成为消费的中坚力量。在生产与消

---

① 刘易斯·芒福德，《城市文化》，宋俊岭等译，北京：中国建筑工业出版社，2008。302页。
② 孙晓忠，《单身女性：晚期资本主义的新巨人》，西奥多·德莱塞，《嘉莉妹妹》，潘庆舲译，北京：人民文学出版社，2012。577页。

费的双重力量助推之下，女性在城市崛起的过程中逐渐走出家庭生活，走到幕前，更多地进入并参与社会生活，从而在大都市中找到了自己更为独立的位置。

毫无疑问，嘉莉是这种在都市中成功寻找到自己新的定位的突出代表。在小说的后半部分，嘉莉在与赫斯特伍德一同逃离芝加哥的火车上，对于即将前往另一座未知的城市一事，完全没有了小说开篇那种在前往芝加哥的列车上的忐忑不安："她觉得生活仿佛刚刚开始似的。她完全不认为自己已败下阵来。她的希望也没有完全告吹。看来大城市会预示着无限的机遇，虽然她还说不出所以然来。"（320）尽管嘉莉无法用理性的语言来总结描述自己的芝加哥经验，但她此时能有这种踌躇满志的信心，正得益于芝加哥所给予她的对大都市最直接的体验与感受。她内心的直觉昭示着她已经深谙大都市的运行法则，发觉大都市到处都充满了机遇，她已经不再是那个没见过世面的乡下姑娘了，现在她是由芝加哥所塑造的一个全新的嘉莉了。

就嘉莉而言，她在大城市中所发现的机遇就是认识到自己的美貌就是她的力量。她的这项"重大发现"出现在一次德鲁埃陪她去逛百货商店的时候："直到最后，嘉莉看上去好像完全变了样。镜子果然证实了她内心深处早就确信无疑的一些看法。她是很美的，不消说，确实很美！她头上戴的帽子该有多漂亮；瞧，她的那一双大眼睛，不是很美吗？她用牙齿咬了一下小小的朱唇，头一回怦然心动地感到了自己的力量。德鲁埃对她多好！"（80）这是嘉莉第一次意识到自己美丽的外貌所能带来的力量，随后嘉莉便开始逐渐学习并熟练运用起这种力量，以便为自己在芝加哥这座城市中挣得更多的资源。但需要注意的是，她的这种美貌的力量来源于物的加持，是外部的物质世界为她增添了魅力。正如鲍德里亚（Jean Baudrillard）所说："在商品和交换价值的环境中，人不是他自己，而是交换价值和商品。被具有功能性和服务性的物品包围，人与其说是他自己，不如说是这些功能性和服务性物品中的最美丽者。"① 嘉莉在被这些漂亮的商品包围的同时，也将自己转化为一种商品，并具有了交换价值，可以从德鲁埃和之后的赫斯特伍德那里交换到更好的物质生活。嘉莉力量的来源恰恰是这种"商品拜物教"统治下的人的物化。这种人的物化进一步使得嘉莉在城市中成为"被观看"的对象，"她遵循看与被看的范式向前，变成了城市景观的一部分"②。

显而易见，随着嘉莉对大都市物的力量和自己美貌的力量的意识的觉醒，她顺理成章地接受了"大都市道德标准"，正如德莱塞在小说开篇所判定的那样。这种所谓的"大都市道德标准"明显区别于"乡村道德标准"，因为城市中新的生产方式与新的消费方式催生了新的城市文化与新的城市价值观。首先，大都市所特有的一种匿名性为传统的道德观松了绑，正如芒福德所指出的"正是它（大都市）的巨大使得它成为绝好的藏身之所"，③"提供了合适的从严格遵守的家庭约束、当

---

① 让·鲍德里亚，《在使用价值之外》，戴阿宝译，《西方都市文化研究读本》（第二卷），薛毅主编，桂林：广西师范大学出版社，2008。23 页。
② 王育平，《都市空间与文化想象：德莱塞小说中女工形象的文化表征》，上海：上海外语教育出版社，2016。67 页。
③ 刘易斯·芒福德，《城市文化》，宋俊岭等译，北京：中国建筑工业出版社，2008 年。306 页。

地习俗和体面的生活方式中放松一下的机会"①。在人口数以百万计的大城市中，邻里之间全是陌生人，同居或者私通的风险远远低于熟人社会的乡村，换言之，"大城市的匿名性，它的非人格化，对于非社会甚至反社会的行为是一种积极的鼓励"②。穿上漂亮衣服的嘉莉渴望被看到，但同时她又不希望别人知道她是如何获得这些漂亮衣服的，大都市的匿名性恰恰满足了她这种矛盾的需求。

其次，大都市的选择效率动摇了传统道德观的基础，"当道德的概念在金钱的诱惑面前变得模棱两可时，选择的效率在城市生活里似乎变成了一种普遍适用的原则"③。传统的道德观基于是非对错，但是在大都市，是非对错让位于效率。嘉莉在百货商店里看到琳琅满目的商品，在高档住宅区看到富丽堂皇的房子，她的心中燃起了被唤醒的欲望，同时这种欲望需要在最短的时间内被满足，或者付出最少的代价就能得到满足。对嘉莉而言，在工厂做工明显不是最有效率的选择，相比之下，依附于德鲁埃是最优选择。此后，当更富有、更有地位的赫斯特伍德登场，他又成了更高效的选择，于是嘉莉抛弃了德鲁埃，转而投入赫斯特伍德的怀抱。到了纽约之后，赫斯特伍德的生意失败，嘉莉又毫不犹豫地选择抛弃他。此外，选择的效率背后是金钱的控制力，"嘉莉的成功和赫斯渥的没落都由

---

① 刘易斯·芒福德，《城市文化》，宋俊岭等译，北京：中国建筑工业出版社，2008。305 页。
② 同上，306 页。
③ 金衡山，《欲望之城与选择的效率：城市的逻辑——〈嘉莉妹妹〉中的城市含义剖析》，《国外文学》，2018 年第 2 期，80 页。

他们不稳定的收入来衡量"①。嘉莉选择的效率正是基于如何最为高效地获得金钱的判断之上。

德莱塞在《嘉莉妹妹》中所体现的这种具有匿名性和推崇效率优先的"大都市道德标准"充满着自然主义的笔触，由此很容易得出结论：嘉莉妹妹这一人物也被其塑造成为在都市丛林中"随波逐流"的金钱奴隶。但仔细探究德莱塞笔下嘉莉妹妹的内心世界，会发现实际上嘉莉有过不少内心挣扎的时刻，德莱塞并没有做到像欧洲自然主义源头左拉（Émile Zola）所提倡的那样，作家应该完全抽离作品、完全保持客观。相反，德莱塞在作品中通过刻画嘉莉的内心挣扎，时不时流露出其作为作家的价值判断。比如，嘉莉刚刚住进德鲁埃为其置办的公寓房，身穿着漂亮衣服，"她照照镜子，看到了一个比她自己从前见过的更加漂亮的嘉莉；她抚心内省，看到了她自己和别人对她的评价，看到了一个比过去更糟糕的嘉莉。嘉莉在这两个形象之间犹豫不决，闹不清哪一个才是真实的"（96）。虽然嘉莉不止一次地强调过漂亮永远是第一位的，但是在她内心深处，旧有的传统价值观仍时不时浮现出来骚扰她。只不过随着时间的推移，大城市新的价值观在她内心的声音更加响亮，逐渐淹没了旧传统："在令人厌倦的灰暗日子里，这个神秘莫测的声音虽然在嘉莉耳际不时震响，但是随着韶光的流逝，却变得越来越软弱无力了。"（97）对嘉莉这一心理变化的描摹，反映出德莱塞所思考的人的自由意志与本能

---

① 理查德·利罕，《文学中的城市：知识与文化的历史》，吴子枫译，上海：上海人民出版社，2009。262页。

欲望之间的拉扯。"从这个意义上说，作者并非是个宿命论者。他只是在讨论人的两重性，认为人到底什么时候受本能控制、什么时候受自己的意志控制是很难决定的。"①

此外，德莱塞与自然主义原则相背离的复杂性还体现在《嘉莉妹妹》这部作品的最终落脚点上。虽然嘉莉与赫斯特伍德在人物的最终命运上形成了两个方向相反的路径（嘉莉不断向上，走向成功；而赫斯特伍德不断向下，以自杀告终），但嘉莉一步步走向成功是整部作品的焦点和落脚点。即便这种成功伴随的是嘉莉在大都市价值观重塑过程中的迷失与迷惘，可最终德莱塞还是选择了让嘉莉成为大明星，从而选择了一条向上的路径。在这个意义上，虽然芝加哥这样的大都市在德莱塞笔下被塑造成一股充满决定论的外部物质和金钱力量，但同时德莱塞又通过嘉莉在都市中的上升与成功经历，展现了都市人积极的生命力，归根结底，其核心是用都市力量来强调人的生命的积极一面。

《深渊》：投机商人的冒险漩涡

同样作为深谙大都市芝加哥之道的作家，弗兰克·诺里斯在其小说《深渊》中，将芝加哥塑造成了另外一副不同的面貌。《深渊》是诺里斯《小麦史诗》（The Epic of the Wheat）三部曲的第二部，如同第一部《章鱼——加利福尼亚故事》（*The Octopus: A Story of California*，1901）一样，这部小说也

---

① 蒋道超，《德莱塞研究》，上海：上海外语教育出版社，2003。143页。

有一个副标题:"芝加哥故事"。如果把嘉莉妹妹坐在开往芝加哥的火车上问自己的那个问题"芝加哥这个城市是什么样儿的",拿来询问《深渊》中的主人公杰德温和劳拉,那么一定会得出不同的答案。这种不同不仅仅在于杰德温和劳拉与嘉莉之间的不同,甚至杰德温和劳拉之间对芝加哥的认识也不尽相同。

小说《深渊》主人公之一劳拉也同嘉莉妹妹一样来自一个芝加哥以外的小城,到芝加哥投靠亲人,但她的家境更为殷实。小说开篇便是她与妹妹和姑妈受邀前往城市中的大戏院包厢,观看城中最受欢迎的一出歌剧。劳拉原本就对艺术有着很高的追求,年纪还小的时候,有人向她求婚,她都以追求艺术的理由拒绝了:"她当时一心扑在读书上,朦朦胧胧地只想成为一名表演莎士比亚剧中角色的大演员。因此,她对他说,她只追求艺术。"① 于是,她来到芝加哥城的头等大事并不是像嘉莉一样迫切需要找到一份工作,让自己有稳定的收入,以便在陌生的大都市中站稳脚跟。对劳拉来说,城市中的歌剧院比工厂商店更重要:"因为对她来说,听今晚的歌剧是件大事,是在马萨诸塞州中部二流城市中生活了二十二年的姑娘迫切希望和期待的大事。"(6)相比之下,与劳拉出身背景相同的妹妹佩奇,对于这场歌剧的期待没有那么大:"佩奇显得更有大都市人的气派。她已在城里生活了两年,受过上流社会的教育,因而渴望听音乐的心情已不是那么迫切了。"(6—7)佩

---

① 弗兰克·诺里斯,《深渊——芝加哥故事》,裘因译,上海:上海译文出版社,2000。16页。以下原文引用均出自同一版本,在正文中只标记页码。

奇的城市生活经验已经让听歌剧变得不再那么新鲜，同时可以由此推断，劳拉此时的迫切期待从更深层的程度上反映出了大都市与小城市或乡村生活的对比。在这一点上，劳拉又与嘉莉有了相同之处：嘉莉曾直言乡村生活的枯燥乏味，劳拉也同样"极其遗憾地回想起她刚刚彻底告别的那种狭隘而渺小的家乡生活，那有限的视野，那周而复始的、微不足道的事务，贫乏的娱乐——图书馆、节日、为数不多的音乐会、无聊的话剧"（18）。可见，拥有中产阶级家庭背景的劳拉，在家乡完全不用为温饱问题费心之余，也能拥有一定的文化娱乐生活，但与芝加哥这样的大都市对比，家乡的休闲方式太过单一，层次不高。所以，芝加哥对于劳拉更为重要的意义是精神与文化生活方面的吸引力，这正与其热爱艺术的天性相契合。

对于劳拉而言，在小说开篇，大戏院成为城市的缩影，芝加哥给她的初印象便是她所感受到的艺术激情。她直言："这个夜晚令人永远、永远不能忘怀。这是她第一次听大歌剧演出的夜晚。这是由激情、香水、鲜花、华丽的服装、漂亮的妇女、潇洒而勇敢的男人所组成的世界。"（18）当劳拉身处剧院的时候，她切身感受到大剧场的气息："剧场里面很暗，散发出阵阵热气，其中夹杂着鲜花、香水、坐垫和汽灯等种种浓重的气味，从四面八方向她袭来。这就是剧场里独有的、令人难以忘怀的、迷人的气息。这种气息她以前接触得很少，但它立即加快了她心脏的跳动。"（17）一开始包围劳拉的是一种能被她的身体感知的具体气息，但很快这种嗅觉上的感受转化成了劳拉心理上的一种抽象感受，继而这种抽象的心理感受又进一步给劳拉带来了新的身体上的刺激，使得她的心跳加快。

这样就形成了劳拉在大戏院中的观剧体验,这是一种外部物理刺激与内部心理感受相结合的过程,进而促使劳拉在认知层面对大戏院和大都市有了最初的也是最直接的认识。

如果从作为城市缩影的剧院舞台的角度来观照诺里斯笔下的劳拉和德莱塞笔下的嘉莉,她们形成了一对观看与被观看的有趣参照:劳拉是剧院包厢黑暗中的观众,而嘉莉是剧院舞台聚光灯下的演员。"观看"这一行为,在大都市中具有鲜明的意义。齐美尔(Georg Simmel)认为:"大城市的人际关系明显地偏重于眼睛的活动,而不是耳朵的活动,主要原因在于公共交通手段。在19世纪的公交车、铁路和有轨电车发展起来之前,人们不可能面对面地看着、几十分钟乃至几个钟头都彼此不说一句话。"[1] 在齐美尔看来,大城市这种偏重观看的特殊环境给都市人带来了一种人际关系上的焦虑和压力。但在如波德莱尔(Charles Baudelaire)这样的文学家看来,于都市人群之中观看,可以是一种充满好奇心与热情的行为。波德莱尔仔细考察过爱伦·坡(Edgar Allan Poe)的一篇短篇小说《人群中的人》("The Man of the Crowd", 1840),并将其视为能够展现一个都市观察者对于人群的好奇心的绝佳范例。波德莱尔考察的重点是短篇小说中的叙述者,认为叙述者"饶有兴味地沉浸在对人群的凝视之中"[2],因此这个好奇的叙述者成为一个热情的观看者,也在观看的同时成为完美的"闲逛者"

---

[1] 齐美尔,《社会学》(第4版),柏林,1958。486页。转引自本雅明,《波德莱尔笔下第二帝国的巴黎》,刘北成译,《西方都市文化研究读本》(第二卷),薛毅主编,桂林:广西师范大学出版社,2008。130页。

[2] Baudelaire, Charles. *The Painter of Modern Life and Other Essays*. Trans. and ed. Jonathan Mayne. London: Phaidon Press Limited, 2001. 7.

(flâneur)。

本雅明（Walter Benjamin）也考察了爱伦·坡的这篇小说和波德莱尔对其从"闲逛者"角度的解读，但本雅明的重点在于那个不具姓名的人群中的人，"坡的叙述者跟随他穿越了夜伦敦的长与宽"①，从而将坡对于伦敦这座城市呈于文字中的观察与都市中的一种闲逛行为联系在了一起。同时，本雅明指出："人群中的人不是闲逛者。在他身上，平静让位于狂热的行为。"② 本雅明的这种否定其实是在强调伦敦城市中的闲逛者与他所说的巴黎城市中的闲逛者的区别。本雅明更认同巴黎城市拱廊中的闲逛者，他们所具有的明显特征是"要求与人一臂之隔，不乐意放弃闲散绅士的生活"③。可见本雅明所强调的是一种观看时的放松状态，在这种状态下观看都市中的人群所得到的结果便是："人群是一层面纱，透过这层面纱熟悉的城市对于闲逛者而言变为幻景。"④ 观看者由于置身于大都市的人群之中，所观看到的城市也蒙上了一层具有神秘色彩的面纱，幻化出了不同寻常的模样。如果以本雅明所定义的闲逛者来作为参照，劳拉置身剧院人群中的观看行为也得到了一种幻景："她真希望她能放弃不知为什么必须抓住的今天这种肮脏的物质生活，飘啊飘啊，飘向过去，穿过玫瑰色的云雾和

---

① Benjamin, Walter. "On Some Motifs in Baudelaire". *Illuminations: Essays and Reflections*. Trans. Harry Zohn. Ed. Hannah Arendt. New York: Schocken Books, 1968. 172.
② Ibid.
③ Ibid.
④ Benjamin, Walter. "Paris, Capital of the Nineteenth Century (1939)". *The Arcades Project*. Trans. Howard Eiland and Kevin McLaughlin. Cambridge, Mass.: Belknap Press, 1999. 21.

透明的薄幕，飘向远方，或者躺在天鹅拉着的一叶银色扁舟中，随着奔流不息的、宁静的河流中那轻柔的水流飘去。"（20）劳拉作为闲逛者/观看者，眼前所看到的真实世界并不是最重要的，最重要的是闲逛/观看行为所带来的如幻景般的主观感受。

嘉莉妹妹在成为舞台上的明星被观看之前，在小说中也有过多次观看的行为，而且嘉莉在城市中的观看行为，与本雅明的闲逛者更为类似，因为嘉莉对城市的观看更经常地发生在街道上，是一种在城市街道上的闲逛。比如，在嘉莉初入芝加哥一整天求职未果时，"她感到疲惫不堪，神经紧张到了极点。这时，她再也不想到别的百货店去找工作了，只好继续闲荡着，置身于人群之中，自己反而觉得安全和松心了一些"[1]。这种在人群中漫无目的的闲逛给予嘉莉的是一种安全感。再比如，嘉莉来到纽约后，漫步在百老汇大道上，观察着这座城市：

> 每当日戏开场以前或是散场以后，那里麇集着的，不仅有成群的净爱卖弄风骚的美女，同时还有净爱观赏美女的男人。这是一长溜由漂亮的脸蛋儿和艳丽的服饰形成的景观，真的让人百看不厌。妇女们穿的戴的都是最优美的帽子、鞋子和手套，手挽着手，悠然自得地遛马路，逛豪华的大商店或者大剧院，……男人们同样也穿上他们最新款式的服饰在大出风头。在这里，裁缝也许会对裁制款式大

---

[1] 西奥多·德莱塞，《嘉莉妹妹》，潘庆舲译，北京：人民文学出版社，2012。24页。

受启发,鞋匠准会了解到最走俏的鞋楦和颜色,帽匠管保摸到最最受到男女青睐的帽子的行情。大凡讲究服饰的人,只要置备了一套新装,准要先到百老汇大道上亮一亮相,这话可真不假。①

这些走在百老汇大道上的人,其实同时做了两件事情:一是观看了人群,即其他人的容貌与服饰;二是展示了自身,这些观看别人的人也渴望被别人看到。所以说,德莱塞所描述的这种百老汇大道上的闲逛者因其观看者与被观看者的双重身份而更为复杂,从这个意义上讲"德莱塞也强调舞台和都市之间的联系。……城市就像是一座舞台"②。

可是,城市又终究与舞台有所区别。虽然舞台上的嘉莉和街道上的嘉莉都会被观看,但是舞台上的嘉莉丧失了观看者的权利,彻彻底底变成了一个被观看的对象,"舞台上的嘉莉和街道上的嘉莉变成了同一个人和相同经历的不同显现"③。在消费主义所统治的大都市,舞台上被观看的对象也同样是被消费的对象。舞台上的嘉莉被观看、被消费的是她的个人形象,"嘉莉的舞台经历也展现了一种通过自我形象的培育与商品化来进行自我塑造的过程"④,即:被观看、被消费的嘉莉的个

---

① 西奥多·德莱塞,《嘉莉妹妹》,潘庆舲译,北京:人民文学出版社,2012。358页。
② 理查德·利罕,《文学中的城市:知识与文化的历史》,吴子枫译,上海:上海人民出版社,2009。268页。
③ 同上。
④ 王育平,《都市空间与文化想象:德莱塞小说中女工形象的文化表征》,上海:上海外语教育出版社,2016。69页。

人形象是由她所塑造出来的与其真实的自我有所不同的一个自我,同时一旦成为被消费的对象,就会成为被商品化、被物化的自我。这个自我塑造的过程可以形成一种正向的循环,即:嘉莉的自我形象的成功商品化,可以带来她演员生涯的成功,而她的演员生涯越成功,所得的报酬就越多,就能为嘉莉更进一步的自我形象培育提供更多的物质支持,有了更丰富的物质加持,比如更华丽的衣服、更昂贵的首饰、更奢侈的住所,嘉莉作为大明星的自我形象塑造就能更成功,但同时其个人形象的物化程度也更深刻。

诺里斯也同样在《深渊》中描述了身处城市舞台上的男男女女,比如劳拉在小说开篇于剧院内厅中所见到的盛装打扮的人群:

> 女人们几乎毫无例外地穿着浅色礼服,白色的、浅蓝色的、尼罗绿色的和粉色的。在外面还披上一件晚礼服斗篷或者十分考究和精致的披肩。几乎所有的人都没戴帽子,但都插着一根白鹭羽毛。几十根、几百根羽毛,不安生地在人群头上频频上下左右摆动,像云母片似的随着人们的行动闪闪发光。一眼望去,都是高档的呢绒,色彩鲜明和质地细软的衣料,泡沫般又白又软的花边,飘逸而闪亮的丝绸,光滑的缎子,沉甸甸的、泛光的丝绒,还有织锦缎和长毛绒,几乎全是白色的,白极了,在灯光下显得十分耀眼而华丽。男人们个个穿着黑色大衣,围着缎子围巾,戴着礼帽。(5)

劳拉也是这些盛装打扮的人群中的一员,将要作为观众进场去观看舞台上同样盛装打扮的歌剧演员。在这个意义上,作为城市公共空间的剧院在很大程度上成为都市人观看与被看的聚集地,所以进入这个公共观看场域的观众也一定会出于大都市社交需求,注重自己的衣着容貌,盛装出席。同时,劳拉在观看剧院内厅中衣着华丽的男男女女的时候,自己的容貌与衣着也被别人注视。诺里斯在第一章开篇多次强调了劳拉的引人注目:"引人注目的是她那几乎是极端苗条的身材。……除了迷人的身材之外,白净也许是她最令人注目的特点。"(3—4)

此外,劳拉与普通观众还有一点重要的区别,即出于对文学的爱好,她渴望成为舞台上被观看的那个人:"她模模糊糊地向往着有朝一日能成为一名演员,一名扮演莎士比亚剧中女主角的悲剧演员。"(40)虽然都是想成为舞台上的女主角,但是劳拉和嘉莉在内心动机上存在较大的差别。嘉莉希望自己在舞台演出上获得成功,尤其是来到纽约登上百老汇的舞台之后,更多出于对物质生活的渴求,即迫于赫斯特伍德失业破产后生活没有着落。而劳拉的初衷则是出于她自身的艺术追求。如果以此为出发点再来回顾嘉莉与劳拉两人初入芝加哥的感受,会发现其与两人迥异的登台初衷相契合。嘉莉初到大都市芝加哥,是个"装备不齐的小小骑士"①,但随后无论是城市中商业区的繁华街道,还是百货商店里琳琅满目的商品,都很快让她领略到并折服于金钱的力

---

① 西奥多·德莱塞,《嘉莉妹妹》,潘庆舲译,北京:人民文学出版社,2012。2页。

量。在她找到第一份工厂打工的差事之后,嘉莉感叹道:"这毕竟是一个让人喜爱的大都市啊。"① 原因很明显,嘉莉认为自己马上就要有收入了,可以拥有大都市所提供的一切豪华享受了:"'我要过上好日子了。'她一遍又一遍地暗自思忖道。"② 可见嘉莉的芝加哥城市体验的核心是物质享受。而劳拉则不同,她一开始并不是十分迫切地希望前往芝加哥:"她不愿意离开老家,不愿意离开卫理公会主教派教堂后面公墓里的坟墓,所以磨磨蹭蹭地耽搁了一年。"(41)若不是她的艺术追求在"为极严格的'新英格兰精神'所笼罩"(41)的家乡小镇显得格格不入,她大概不会动心思去芝加哥。所以,小说开篇劳拉在大戏院的艺术氛围中所流露出的那种沉醉与激动,正说明了劳拉的芝加哥城市体验的核心是艺术追求。

但是,劳拉对芝加哥城市的感受与认知又是矛盾的。在还未来到芝加哥定居之前,劳拉就曾进城来探望过妹妹佩奇两次,彼时她对芝加哥的印象便恰当地浓缩了这种矛盾:"那灰蒙蒙的大都市景象都令她着迷。"(41)一方面,大都市更宽松的文化艺术氛围能够满足劳拉的艺术追求,"令她着迷";另一方面,劳拉用"灰蒙蒙"来形容芝加哥,又显露出其对芝加哥这样的大都市颇有微词。因为在崇尚文学与艺术的劳拉看来,由物质和金钱堆砌而成的芝加哥城市本身显然缺乏斑斓的文学艺术气质和幻想,而由大都市所抽象出来的物质生活也令人厌恶,劳拉将其形容为"今天这种肮脏的物质生活"

---

① 西奥多·德莱塞,《嘉莉妹妹》,潘庆舲译,北京:人民文学出版社,2012。28页。
② 同上,29页。

(20)。但是,其实劳拉对待物质生活的态度并不能自洽。在感叹那晚的歌剧演出多么令人激动的同时,劳拉认为:"当这样的音乐成为人们生活的一部分时,要成为一个善良而高尚的人,是多么容易啊。有钱该多好呀,它能给予她当前的这种不寻常的幸福。"(18)在劳拉看来,艺术能够帮助人们"成为善良而高尚的人",艺术具有这样的教化功能,而在大都市中获得这种艺术教化功能的手段就是金钱,大都市是这样一个可以用金钱换取艺术与高尚品德之地。劳拉对待金钱和物质的态度由此呈现出一种矛盾的关系:一方面,她厌恶金钱物质与高尚艺术的对立;另一方面,她又希望借助金钱的力量换取欣赏艺术的机会,得到"当前的这种不寻常的幸福"。

劳拉对芝加哥城市认知的矛盾随着她定居芝加哥,更为深入地走访城市之后,又有了加深。"芝加哥这座灰色的大都市时时处处都在吸引着她。然而,她还不能肯定她是否喜欢它。她看不惯那肮脏不堪的街道,有些贫民区更是邋遢得令人作呕。有时,它就像癌症一样,在豪华住宅区中心蔓延。"(56)近距离接触芝加哥之后,虽然劳拉依旧感受到城市的吸引力,但城市灰蒙蒙的底色没有改变,甚至因为她见识了城市更为肮脏丑陋的一面之后,强烈的厌恶感使她怀疑起大都市的吸引力。另一方面,劳拉又震惊于城市的活力:"这座城市的四周,无论在哪一边,哪个方向,都像一部庞大的机器,在撞击着,轰鸣着。"(56)劳拉看到运河上来往的货船、庞大的火车站里尖啸的机车和运货的马车及随之而来的源源不断的各种农产品,真切感受到这部庞大机器的力量:"这座伟大的灰色都市不能容忍任何对手,它将自己的统治强加在比旧世界的许多王国都要广阔得多的大片土地上。"(58)劳拉此处所感受到的芝加哥的力量不仅仅局限于这一座城市之内,而是放眼整个中西部地区。诺里斯借助于劳拉抒发感悟之际,将芝加哥称为"一个帝国",并且"国内所有的都市中,就是在这里才有着真正的生活——美国真正的力量和精神"(58)。如果将芝加哥拟人化,那么这座城市的历史可以比拟为一个强有力的年轻人成功实现"美国梦"的过程——在美国中西部的荒原之上迅速崛起了一座庞大的工商业大都会,这一美国梦的实现过程正是诺里斯此处所定义的"美国真正的力量和精神"。

面对这样势不可挡的都市力量,劳拉的感受同样是复杂的,她在赞叹之时又感受到了恐惧。

"这真有点可怕,"她有点像自言自语地嘟哝说,"有点残忍。在某种程度上,似乎是不人道的。就像巨大的浪潮。一个人只要能浮在水面上,那一切都平安无事。但是,一旦沉了下去,它就会以吓人的速度将他冲走、消灭。真是快得吓人,而且带着毫不在乎的神情,简直令人毛骨悚然!我想,这正是成长中的文明,是不想让人们意识到的事情,似乎它太可怕、太……原始;就像《创世记》中最早的诗篇一样。"(59)

劳拉敏锐地觉察到这股都市力量也是残忍的,因为它在创造的同时也能够摧毁,并且因为这股摧毁的力量过于快速和原始而显得神秘莫测。由此,芝加哥的城市意象也由一个强有力的年轻人转化成了一种凶残而神秘的形象。有学者将劳拉所感受到的凶残而神秘的芝加哥都市意象类比为"斯芬克斯意象",认为"《深渊》所创造的'斯芬克斯意象'则是'人对城市空间的迷惑'和'人对生活在城市中自己命运的恐惧'"①。这一形象类比可以在小说第一章结尾劳拉第一次看到商会大厦②和小说结尾劳拉离开芝加哥时最后一次看向商会大厦两处找到呼应:

> 这就是这一天夜晚给她留下的最后的印象。那些灯火辉煌的写字楼,阴郁的雨幕,空中那片朦胧的光线,在这片光线衬托下的那座高大的商会大厦,黑沉沉的、阴暗的、巨石般的,像一尊可怕的瞎眼狮身人面像,默默地、严峻地趴在基石上——在夜幕和风雨飘摇中一声不响、毫无生气地趴在那里。(37—38)

> 这就是行将于当天结束的她的那段生活所留下的最后印象;那些高高的灰色办公大楼、阴郁的雨幕、空中那片朦胧的光线,在这片光线衬托下的那座高大的商会大厦,黑沉沉的、巨石般的,像一尊可怕的瞎眼狮身人面像,默默地、严峻地趴在基石上——在夜幕和风雨飘摇中一声不响、毫无生气地趴在那里。(393—394)

小说第一章结尾,劳拉一整晚的艺术激情结束于对冰冷阴沉的

---

① 曾绛,《〈深渊〉中的芝加哥意象》,《湖南工业大学学报(社会科学版)》,2021年第6期(总第89期),128页。
② 商会大厦即芝加哥期货交易所大楼(The Chicago Board of Trade Building),是小说中杰德温进行小麦期货交易的重要场景,亦是芝加哥城市的地标性建筑。

商会大厦的初印象，这形成了有趣的对比。此时，劳拉对商会大厦及其所代表的都市力量的残忍一面知之甚少，所以此处的商会大厦就好似是希腊神话中给过往的旅人出谜题时的斯芬克斯，冷峻而神秘。到了小说结尾处，在杰德温破产之后，劳拉的芝加哥生活行将结束，在见识了都市吞噬人心的力量之后，此刻虽然是看起来几乎一模一样的商会大厦，但它已经变成了发觉旅人答错谜题而要将其一口吃下的斯芬克斯，无情而凶残。

　　劳拉这段对可怕残忍的城市力量的呢喃还暗示了小说另一主人公杰德温的命运。劳拉和杰德温在小说开篇便是并行的两条叙事线索，呈现出歌剧与商战这两出戏之间的相互参照。"它（剧院）也形成了艺术和其他经验的二分法，尤其是自然的和商业的经验，它们是小说中的关键部分。剧院是人造的温室，正是外面严寒风雨的对立面。"[1] 在这种艺术与自然经验的对立之外，小说更为核心的部分则是艺术与商业经验的对立和拉扯。在剧院中，当劳拉全身心投入地观赏戏剧之时，杰德温在另一旁谈论小麦交易；走出剧院，当劳拉路过拉萨尔街看到小麦交易所的繁忙景象，不由得感慨："那另外一出戏，另外一出悲剧，就是在这里通宵达旦地、狂热地演出。……啊，这是一出名为'交易所'的戏……"（37）劳拉将这股可怕残忍的城市力量比喻为"巨大的浪潮"："一个人只要能浮在水面上，那一切都平安无事。但是，一旦沉了下去，它就会以吓

---

[1]　Graham, Don. *The Fiction of Frank Norris: The Aesthetic Context*. Columbia & London: University of Missouri Press, 1978. 129.

人的速度将他冲走、消灭。"(59)浪潮中的这个人正可视为杰德温,他的投机生意顺风顺水之时,他便能浮在水面上,一切平安;可一旦生意失败,瞬间便被浪潮淹没。劳拉这个浪潮的比喻还与杰德温所感受到的商会大厦像一个漩涡的比喻相一致,两者都契合了水流的意象:

> 杰德温经常看到这一情景,尽管他想象力并不丰富,但他也早就看到商会大厦具有某种强大的、不可抗拒的力量,……商会大厦里,是一个极大的漩涡,一个深渊,咆哮的水流在这里旋转着,发出雷鸣般响声,它把市里的人流吸进去,就像吸入某个巨大的阴沟、某个庞大下水道的胃中;然后又把他们呕吐出来,喷出来,抛到外面。这只不过是为了在又一次涨潮时再把他们抓住,重新将他们吞进去。(73)

"漩涡"是《深渊》中的一个核心意象,并且和"深渊"的意象紧密相连,漩涡处于深渊的中心,正是由于漩涡的出现才在水面上出现了一道深渊。无论是"漩涡"还是"深渊",诺里斯在这对相联系的意象之中所凸显的是"某种强大的、不可抗拒的力量",人一旦被卷入这个漩涡,就会因为强大的向心力,不能自拔,跌落深渊。同时,这两者都是用来形容芝加哥的商会大厦。商会大厦是芝加哥进行以小麦和玉米交易为代表的粮食投机生意的核心场所,可以说是控制整个中西部小麦产区的核心所在,同时对于欧洲的许多期货交易所也有着至关重要的影响。这样的交易场所本身便被称作"the Pit",正是小说的标题。诺里斯选用"the Pit"一词,正是将芝加哥进行小麦交易的商会大厦与"深渊"的意象合二为一。他在小说中多次提及这一双关义:"就在这个国家的中部,在横卧在西半球和东半球两大洋之间的这块大陆的正中央,在人们一切事物的正中心,这个深渊在咆哮,在喧哗。"(74)此处居于一切事物正中心的正是地处美国中部的芝加哥,而位于这座城市中心的商会大厦不仅操控着全球小麦的价格,更操控着深陷其中的投机商冒险家们的命运。

这正是让劳拉感到害怕的芝加哥,但是劳拉在意识到城市的可怕能量的同时,还意识到比这座城市更加恐怖的是这城里的人:"她有点害怕——害怕都市生活这一庞大而残酷的机器,害怕那些敢于向它挑战并征服它的人们。刹那间,这些人在某种意义上似乎比城市本身还要可怕——他们不怕冲突和贸易所带来的一切冲击。"(59)劳拉在发表这一感受的时候还与杰德温并不熟识,但很明显杰德温正是她所害怕的那些敢于向都市机器发起挑战并征服它的人。

杰德温向都市机器发起挑战的方式是试图垄断小麦。"垄断小麦"这个念头或者这种尝试并不为杰德温所独有。例如,小说第三章第一次详细描写杰德温来到商会大厦做小麦生意的时候,提及他在客户活动室碰到一个衣衫褴褛但颇为面熟的老人。这位老人哈格斯曾因为大规模操纵垄断九月麦而"成了一种传奇式的人物,神秘的、果敢的,而且为他千百万美元的光辉业绩所美化了的人物"(78),后来却因遭到合伙人诈骗而破了产。此外,在小说开篇还有另一位克雷斯勒先生的例子:他与两个密尔沃基人成功垄断了春小麦,但这三个被冲昏了头的人不过是试图再多垄断几日,到头来却发现小麦价格暴跌,那两个密尔沃基人破了产,克雷斯勒也丧失了三分之二的巨大财富。由此,克雷斯勒吸取了教训,再没做过投机生意,还总结出三条经验:一是,小麦无法垄断,因为这世上总有地方会收获大量的小麦;二是,这世上总有其他精明人来对付自以为能垄断小麦的精明人;三是,这种做法是错误的,芝加哥不应该摆布这世上的粮食。诺里斯把克雷斯勒的教训和经验放在小说第一章,就如同德莱塞在《嘉莉妹妹》开篇所揭示的一个独自离家进城的年轻女孩会很快接受大都市的道德标准而越变越坏一样,提纲挈领地预示了主人公杰德温的失败结局。

但无论结局如何,杰德温是典型的芝加哥"强人"。诺里斯在小说开篇杰德温刚登场的时候,便着意将其塑造为与克雷斯勒完全不同的精明人:"杰德温与克雷斯勒先生不同,他并不反对投机。尽管他不是商会的成员,但是每隔一段时期,他就会做一趟小麦、玉米或肉类'生意'。不过,他认为,不论什么垄断,都是注定要失败的。……他有钱有势,芝加哥人都知道他。"(10)刚开始,杰德温还对垄断的念头抱有一种理性的认识,对投机买卖有一种理性的控制。他对垄断小麦的想法感到不可思议:"他自言自语道:'垄断小麦——我的天哪!'"(74)他所合作的经纪公司不与容易破产的小客户合作,"它的名声有些保守"(74)。他甚至承认投机生意对人心的控制力,他曾对自己的经纪人坦陈:"不过说实话,塞姆,自从我上次做了一笔小买卖以后,我有点不想再搞投机买卖了。要是陷了进去,就会越陷越深,不知怎的,就会无法脱身,而且也不想脱身了。"(79)可是归根结底,杰德温随后并没有坚守住这份清醒理性的认识,而是逐渐向小麦发起挑战,并在内心里相信自己能用强而有力的手腕扼住这门生意的命脉。

诺里斯在小说中借克雷斯勒先生之口将杰德温这样被投机生意所吸引的人与赌徒相类比:"'他们把这种行为称作买卖,'他接下去说,'……但这是一种赌博。提前几个星期,甚至几个月,对市场的情况下赌注。你赌小麦会涨价。我赌它会跌价。交易所里的那些人并不拥有小麦,从来也没见过小麦。……'"(119)当小麦的买卖转化为这种"赌博"行为之后,一方面小麦价格的大幅波动会影响粮食生产买卖链条上千千万万的人,因为如果价格上涨,吃粮的人就会承受不起,而如果价格下跌,种粮的人又会破产。另一方面,从事小麦交易的投机商并不真正拥有小麦,由于他们的中间介入和操控,金钱作为能指和小麦作为所指之间的关系断裂了,"经济学上的和心理学上的意义都依赖于金钱的稳定性,当这一能指——金钱——追逐快速变化、难以琢磨的所指:工作、物品和人的价值时,通货膨胀便造成了这些骚乱"[1]。也就是说,小麦价格因为投机商的操控而不再稳定,便不再能够直接反映小麦生产和需求的关系了。由此,虽然芝加哥居于小麦生产和消费的中间流通环节,但由于大量"赌徒"投机商聚集于此操控小麦价格涨跌,芝加哥便跟原本应与之相联结的中西部小麦产区和欧洲消费市场割裂了。

---

[1] Wasserman, Renata R. Mautner. "Financial Fictions: Émile Zola's *L'argent*, Frank Norris' *The Pit*, and Alfredo de Taunay's *O encilhamento*". *Comparative Literature Studies*, Volume 38, Number 3, 2001, 195.

克雷斯勒所作的投机商与赌徒、投机生意与赌博的类比又进一步与"漩涡"的意象相联系，他将赌博的诱惑类比为漩涡的向心力。"凡是没有亲身经历的人，根本无法体会交易所中赌博的诱惑力。……你一旦染上了它，它就会把你抓住，越来越吸引你，你越是接近毁灭，越觉得容易赢，直到突然一下，哎呀！一个漩涡……"（120—121）同时，这种非理性的赌徒心理又与理性的经纪人守则并存，也就是说，芝加哥的这些有钱人并不是纯粹的赌徒，他们懂得如何平衡金融收益与风险。一方面，他们知道投机生意是生财之道："芝加哥的商会中出现了这样一句口头禅：若要赚钱快，去做小麦的空头买卖。"（176）另一方面，在经济形势趋好时，精明人知道这是相对安全的时机。杰德温作为这类城市精明人的一员，敏锐地觉察到在经历了一段时间的熊市之后，城市经济出现复苏的活力："他能感觉到，那是一种乐观的气氛。在这个大城市里跳动着国家的心脏，时代的病痛或健康的活动，马上可以在这里得到反映。杰德温觉察到，维持生命的血液在这里已流动得更加迅速，更加畅通，更加平静了。"（177）杰德温的这种对城市和国家经济形势的敏锐觉察，使得其在参与投机生意之初能够保持一种理性经纪人的客观，实现较大的金融收益。于是，在他之前几次与这个"漩涡"的搏斗中，都取得了胜利："他已经成为一个战略家，大胆，冒险得令人难以置信"（176）；"他以胜利者的姿态结束了这场搏斗"（177）；"他成为一名成功的投机商"（177）。可见，诺里斯一边用克雷斯勒的经历与感悟警示着小麦投机生意的风险，一边又将杰德温在小说的前半部分塑造为精明、果敢而又信心十足的胜利者形象。

此外，诺里斯在克雷斯勒和杰德温这对失败与成功案例的对比中，没有过多提及克雷斯勒垄断小麦失败的具体原因，只是笼统地说他们"冲昏了头脑"（15）；但是，对于杰德温的胜利，却多次点明其制胜的秘诀在于提前掌握了消息。比如，在小说第三章，诺里斯第一次详细描写杰德温与经纪人格雷特里商讨小麦生意时，着重突出了他们的决策完全依赖于一份经纪人提前得到的秘密情报。再比如，在小说第六章，杰德温成功躲过熊市，也是因为提前掌握了消息："自从杰德温根据事先得悉的法国进口税变动的情况而卖出了一百万蒲式耳空头之日起，小麦的价格一直在下跌。"（175）同时，在商会大厦小麦交易所的一片繁忙景象之中，声音是居于核心的地位。在九点半交易正式开始前，主导整个交易大厅的是人们交流信息的窃窃私语声："忽然间，整个交易大厅里，人们似乎都在谈论这件事。……这是当天的流言。"（87）在临近九点半交易马上正式开始之际，交易大厅里的声响更是嘈杂鼎沸："电报机的滴答声、送信的孩子们的呼叫声、职员和交易员的叫喊声、千百只脚步的移动和杂沓声，还有电话吱吱的拨号声——这一切声音都冲入骚动的空中，在人们头顶上混合成一种强大的轰鸣……"（89）所以，无论是身居财富金字塔顶端的大鳄如杰德温，还是交易所里普通的职员，投机生意的全部诀窍都在于消息，掌握了市场上的消息便掌握了这门生意的制胜法宝。

但是，对于杰德温，掌握这些消息不仅仅是成功的生意经，相比于拥有金钱，掌握这些消息对他更有无法抗拒的吸引力。在尝试做小麦投机生意之前,杰德温已经相当富有了,在投机生意上小试牛刀之后他曾说:"我不想再赚钱了,塞姆。我已经发了一笔小财,我想趁年纪还不太老,及时行乐一番。"(79)可见,诺里斯所塑造的杰德温这个人物形象对于金钱并没有太过痴迷。随后,当杰德温在投机生意上取得了多次胜利,财富急速增长,拥有了漂亮的太太劳拉、气派的别墅、马车、佣人、假期,他也并没有在拥有了更多财富之后停留在及时行乐上,反而在生意上投入了更多的时间和精力。此举引起了劳拉的不满,劳拉指出:"'连格雷特里先生都说,你并不需要时时刻刻待在写字间里。他说,你在这里也照样可以管理商会的事务,你之所以要去城里,只是因为你离不开拉萨尔街和小麦交易所的喧闹。'是这样吗?杰德温自己也觉得难以回答。"(209—210)劳拉作为一个敏锐的旁观者,发觉了症结所在:杰德温对消息的渴望在感官上体现为对声音的渴求,他无法容忍安静。杰德温对声音的这种需求是潜意识的一种心理满足,与能用极大的财富所获得的物质满足完全不同。如果说劳拉对于城市最重要的体验在于观看,那么对于杰德温而言,更重要的体验是声音。"交易所强烈的声音在总体上浓缩了芝加哥商业文化的狂热"①,杰德温是这种芝加哥商业文化的塑造者,同时反过来也受制于这种文化及这种文化所带来的"狂热",最明显的体现便是其对声音的渴求。

杰德温对消息和声音的渴求在更深层次上是希望知道得更

---

① Yablon, Nick. "Echoes of the City: Spacing Sound, Sounding Space, 1888 - 1916". *American Literary History*, Volume 19, Number 3, Fall 2007, 649.

多。知道得更多,掌握更多消息,对于经济保持一种理性合理的运行而言是有裨益的:"……到了19世纪末,因为经济统计数据的规模和复杂程度的持续增加,西方人相比于之前对全球经济有了更全面和准确的理解。《深渊》揭示了这种作为惯例的数据理性,尽管同时也展示了其局限性。"① 杰德温前期取得的几场胜利便是依赖于当时已经成型的数据化的全球粮食信息体系。随着杰德温在投机生意上越陷越深,他由被动地接收原有体系中的消息,变为更加主动地搜集信息,甚至试图建立自己的情报网络:"'……现在我想完全投进去;我想要有我自己的情报来源,不再依赖克鲁克斯想买就可以买到的那种商业报纸。我要你替我在欧洲找几名可靠的好记者;我能够依赖的精明强干的人。我要在利物浦找一个,在巴黎找一个,在敖德萨找一个,我要他们每天把情况用电报告诉我们。'"(211)通过杰德温对自己的经纪人格雷特里的这番话,可以看出在这一转变中,杰德温对于信息的渴求逐渐演化为一种浮士德式的对知识的无限追求。他希望知道一切,从而掌控一切,因为绝对的掌控力的前提是知晓一切,全知才可以全能。"掌控的欲望……是求知欲冲动的投射:要掌控就得知道现在正发生的(和已经发生的),还有更重要的是,知道将要发生的,最终的真理……"② 诺里斯在小说中

---

① Puskar, Jason. "Hypereconomics: Frank Norris, Thomas Piketty, and Neoclassical Economic Romance". *Studies in American Naturalism*, Volume 12, Number 1, Summer 2017, 30.
② Wood, Adam H. "'Fighting Against the Earth Itself': Sadism, Epistemophilia, and the Nature of Market Capitalism in Frank Norris's *The Pit*". *Studies in American Naturalism*, Volume 7, Number 2, Winter 2012, 160.

试图把杰德温这种内在的掌控一切的欲望外化为一种"神"的形象：

> 关于大批垄断的这一权威性的、确切的消息，终于传遍了全国，柯蒂斯·杰德温的形象和名字突然在公众的眼里显得高大而令人望而生畏了。芝加哥市场上没有小麦了。是他这个伟人、"拉萨尔街的拿破仑"把小麦全买下了。要卖出，要囤积，全得凭他的兴致。……他的手就放在商会小麦价格转盘的指针上，任凭他高兴，多转几格，或少转几格，都可以。（310—311）

杰德温的这一神化过程在很大程度上借助了对"手"的形象的刻画，他的手指随意一放便能决定市场的价格，集中体现了其操控市场的能力，即"在他短暂的鼎盛时期，杰德温的手与市场的手变得无法区分"①。"市场的手"这一隐喻本是指看不见摸不着但实际上能影响经济运行的市场客观规律，此时却转化为了一只看得见摸得着的"杰德温的手"。由此，数据的理性在杰德温身上转变为了一种非理性的掌控欲："非但不能稳定市场，让市场保持理性，杰德温的农业数据恰恰实现了相反的效用，开始鼓励了垄断市场的成功，随后没能帮助杰德温意识到他的危险境地。"② 杰德温作为投机商

---

① Zimmerman, David A. "Frank Norris, Market Panic, and the Mesmeric Sublime". *American Literature*, Volume 75, Number 1, March 2003, 66.
② Puskar, Jason. "Hypereconomics: Frank Norris, Thomas Piketty, and Neoclassical Economic Romance". *Studies in American Naturalism*, Volume 12, Number 1, Summer 2017, 32.

所参与的是小麦的流通环节,他所能垄断的其实不是小麦本身,而是垄断关于小麦的消息,掌控经济的知识,从而达到操控市场的目的。

然而,这种失控的欲望指向了杰德温最终的失败:他试图垄断小麦,但最后为小麦所垄断。这一过程是逐步发展的,首先第一步是杰德温不由自主地被投机生意吸引:"这浪潮有一种吸引力"(212),他承认"这种事有趣,刺激……"(214)。其结果就是杰德温彻底卷入了投机生意的漩涡之中,"现在他不再是'局外人'了"(212)。接着,第二步是小麦逐渐成为杰德温生活的全部。这一过程伴随着杰德温听觉上的错觉,他不再能够区分他耳边所响起的究竟是交易所内真实的喧哗,还是其内心中想要垄断小麦的呐喊:"尽管他努力克制,交易所内的喧哗所引起的回声还是日日夜夜、时时刻刻地传到杰德温的耳里。"(241)他的生活中自此只有一件事情,一种声音:

> 早晨一醒来想的就是这件事。他匆匆忙忙用早餐时想的是这件事;在马车把他送往市中心的路上,在有节奏的马蹄声中,他听到的仍然是"小麦——小麦——小麦,小麦——小麦——小麦"。他刚进入拉萨尔街,车辆的隆隆声传到他耳中就变成了从西部农场流经芝加哥涌向欧洲磨坊和面包房的滚滚麦流的轰鸣声。到了街的尽头,这滚滚麦流一下子旋转了起来,形成了一个他自以为已控制在手的四千多万蒲式耳小麦的漩涡。(261)

杰德温此时已经无法将小麦这件事从自己的生活中剥离开。他既无法关闭这个持续在自己耳边萦绕的声音,也无法区分城市街道上真实的声音与头脑中所想象的声音。"在他(杰德温)所展现的神经衰弱症的典型症状——偏头痛、丧失性欲、易怒、失眠和眩晕——之外,还出现了无法定位他所听到的声音。"① 杰德温的身体已经无法承受其渴求垄断小麦的欲望,他原本对声音和消息的渴求已经演变为一种病态。同时,诺里斯非常巧妙地使小麦的声音与水流的意象相结合:"只要精神一放松,脑中就会出现奔驰的马蹄声或是一种难以抑制的波涛的拍打声。这种波涛的拍打声总会变成一个不断重复的音调,而且会断断续续地迸发出同样的一个单词:'小麦——小麦——小麦,小麦——小麦——小麦'。"(326)也就是说,小麦的声音即是漩涡的咆哮声,而时时刻刻听到小麦的声音的杰德温正身处漩涡之中,无法自拔,从而由一个试图垄断小麦的强人变成了为小麦所垄断的"疯子"。

在杰德温受控于小麦的同时,劳拉的生活也走在了失控的边缘。劳拉初到芝加哥,因为受到歌剧艺术的激情感染,认为在芝加哥这座城市有了钱,就能够尽情地追求艺术,从而变成高尚而善良的人。后来,劳拉有了三个追求者——科特尔、兰德里和杰德温,因为他们所带来的浪漫爱情,"她对这个伟大的灰色城市的最初那点反感,很快就消失了。现在,她意识到这城市令人感到亲切的一面了。……'我想,我在这里会十

---

① Yablon, Nick. "Echoes of the City: Spacing Sound, Sounding Space, 1888 – 1916". *American Literary History*, Volume 19, Number 3, Fall 2007, 649.

分幸福的。'"（71）然而，金钱和婚姻都没有让劳拉的生活变得更幸福：杰德温因为受控于小麦，而与她分居，她在整日无聊的生活之中只感到苦闷。她反倒是怀念起在家乡巴林顿的生活："'当时我要是知道，那些日子是我一生中最幸福的时光……这幢大房子，这幢房子里富丽堂皇的装饰，这一切财富，又有什么意义呢？'"（273）巨大的财富没有帮助劳拉实现自己的艺术追求，而是成为困住她的牢笼，让她感觉"的的确确存在着两个劳拉·杰德温"（233），原来可能成为大演员的那个劳拉现在成为困在这幢大房子里寂寞无聊的贵妇人。"……劳拉进退两难的境地得到了揭示：她不知道自己是谁，她无法调和审美经验和其他种类的经验。"①

虽然在塑造杰德温和劳拉之时，诺里斯明显困囿于男性居于商业世界而女性居于家庭生活的二分观念上，但他还是让劳拉在富于艺术气息和浪漫想象的同时也拥有力量和勇气。在杰德温与小麦展开最后一次搏斗的同时，劳拉作为另一条平行的叙事线索也进行着一场搏斗："她做好了准备，想尽一切办法做一次最后的努力，同市中心咆哮、旋转、吞灭着一切的那股盲目的、没人性的力量进行一番最终的力的较量。"（336）这里劳拉与之搏斗的是小麦的力量，而她想从小麦的控制中夺回自己的丈夫："'我要我的丈夫，'她对着冥冥的夜空，大声呼喊着。'我要我的丈夫。我会得到他的，他是我的，他是我的。没有什么力量能让我离开他；没有什么力量能让他离开

---

① Graham, Don. *The Fiction of Frank Norris: The Aesthetic Context*. Columbia & London: University of Missouri Press, 1978. 127.

我。'"（337）

芝加哥市中心的交易所是小麦的力量的一个具象化的表现，但小麦的力量归根结底并不是金钱、经济或者资本主义的力量，"小麦不仅仅在某种具体化的意义上是交易所市场的一个隐喻，……而是对于杰德温来说，小麦是自然的整体力量的一种转喻的扩展"①。杰德温在与小麦搏斗的最终战役中也意识到自己终极的敌人是大自然："他，杰德温，根本不是在同这班人作战，他是在同性命攸关的新收成、同小麦……同地球本身作战。……小麦是自己长出来的。供与求，才是小麦唯命是从的两大规律。"（349）大自然惯常被解读为母性的力量，例如，有评论认为"投机……也是女性特质与男性特质、人与土地之间的分离完成的方式之一"②，即杰德温所代表的男性特质和人是通过投机这门生意来与具有女性特质的土地之间划分为两个不同阵营，继而进行对抗。但是，对大自然的这一解读，如果在杰德温与小麦的双方搏斗之外，把劳拉也纳入考虑的范围，那么就不适于解读劳拉与小麦力量之间的拉扯。所以，小麦所代表的大自然在《深渊》这部自然主义作品中，还是在更大意义上延续着典型的自然主义式的中立和冷漠。这也与诺里斯反复将小麦与水流的意象结合相吻合，无论是裹挟杰德温的投机漩涡还是势不可挡的麦流，都贯彻着这股自然主

---

① Wood, Adam H. "'Fighting Against the Earth Itself': Sadism, Epistemophilia, and the Nature of Market Capitalism in Frank Norris's *The Pit*". *Studies in American Naturalism*, Volume 7, Number 2, Winter 2012, 161.

② Wasserman, Renata R. Mautner. "Financial Fictions: Émile Zola's *L'argent*, Frank Norris' *The Pit*, and Alfredo de Taunay's *O encilhamento*". *Comparative Literature Studies*, Volume 38, Number 3, 2001, 200.

义式的无情力量。此外，小麦不仅仅代表了大自然，当它进入生产、流通、消费等一系列经济领域之后，还象征了以供求关系为主导的市场规律，而这一规律就如同大自然一样是中立的力量，是不以杰德温个人意志为转移的客观自然规律。"杰德温的错误在于他赌博的本能和渴望权力的欲望让其过分干预伟大的供求自然规律，这一规律统治着小麦的生产和运行。"①

在与小麦的搏斗中，劳拉最终胜利了："她睁大眼睛，若有所思地低声说道：'是投降，不是征服。我通过投降，赢得了胜利。'"（387）劳拉抵御了与科特尔远走高飞的诱惑，赢回了自己的丈夫，或者说通过帮助丈夫向小麦的力量投了降而重新得到了自己的丈夫。劳拉和杰德温最后的结局是离开芝加哥，而随着他们的离开，流淌于芝加哥的麦流也归于了平静："现在，这股洪流已经沿着正常的、既定的轨道从西向东流去，没有任何力量能够阻挡它。"（393）在这场搏斗之中，芝加哥是化身为斯芬克斯的见证者，如小说结尾所述那样巍然矗立不动，冷眼旁观。同时，芝加哥也是双方角力的场所，积极参与了这场搏斗，"芝加哥作为一个中心，是能量之流的交换场所"②，为搏斗的发生提供了必要的条件。纵观小麦运行的全过程，如果沿用诺里斯麦流的比喻，那么芝加哥就是水流最窄最湍急之处，是最有可能扼住小麦咽喉的地方。"诺里斯交易所的首要意象因此是漩涡，它的躁动来自数百万蒲式耳小麦

---

① Pizer, Donald. *The Novels of Frank Norris*. Bloomington & London: Indiana University Press, 1966. 168.
② 理查德·利罕，《文学中的城市：知识与文化的历史》，吴子枫译，上海：上海人民出版社，2009。259 页。

在水流再次变宽,流入消费者的大海之前,须通过其狭窄领域的流动。"① 所以,小麦只有在芝加哥才能形成漩涡,如洪流般的小麦从宽广的美国中西部产区而来,化为上下波动的价格与赌博般的投机生意,汇聚于这座城市的商会大厦之中,搅动一番风云后再流入消费的汪洋大海。

《屠场》:外来移民的希望之乡

厄普顿·辛克莱的小说《屠场》所展示的芝加哥是一座属于产业工人的移民城市。芝加哥的这一面在德莱塞的《嘉莉妹妹》和诺里斯的《深渊》中其实也有所涉及。例如,诺里斯在小说《深渊》中提到的让劳拉厌恶的那一部分芝加哥,即肮脏的街道和邋遢的贫民区,正是辛克莱《屠场》的主要场景。德莱塞也在小说《嘉莉妹妹》中提到19世纪末大批移民来到芝加哥的社会事实:"这里的居民都是过去移居芝加哥的,至今还在不断大量迁入,每年剧增竟达五万人之多。"② 嘉莉妹妹的姐姐和姐夫就是典型的产业工人,居住在职工住宅区,姐夫在工厂做工,早出晚归,辛苦劳作。但相比于辛克莱笔下的约吉斯一家,嘉莉妹妹的姐姐和姐夫还是幸运的,他们有一处住所,有个可爱的婴儿,能够依靠打工的薪水在芝加哥勉强度日。就连嘉莉妹妹也在初到芝加哥之时有过短暂的鞋厂

---

① Pizer, Donald. *The Novels of Frank Norris*. Bloomington & London: Indiana University Press, 1966. 167.
② 西奥多·德莱塞,《嘉莉妹妹》,潘庆舲译,北京:人民文学出版社,2012。11页。

做工的经历：高强度的重复劳作、简陋的工作条件、无聊粗俗的女工、见色起意的男工及吃人魔一般的工头。虽然嘉莉只在工厂里做了几天的工，但可以说也是以一种浓缩的方式，浅尝了与约吉斯一家在屠场相似的产业工人会遭遇的几种典型境况。

可是，德莱塞和辛克莱在各自小说开篇所展现的主人公面对芝加哥作为工业城市的情绪却不尽相同。德莱塞的嘉莉初到芝加哥所经历的是屡屡受挫的求职和打工经历，因而嘉莉刚开始对于芝加哥作为一座工业城市是一种失望的情绪；而对于辛克莱笔下的东欧移民约吉斯而言，芝加哥是一片新天地和希望，就如小说开篇的那场婚礼所象征的一种新生活的开始。"辛克莱选择移民为书写对象，并以城市为主要景观，这是对现代离散与家园意识之关系的反思，是以城市环境为家园意识落脚点的构建。"[①] 这种"家园意识"在约吉斯身上具体体现为芝加哥带给他的一份希望——他所求的只是屠宰场的一份工作和在被称为"屠宰场后院"的一片芝加哥移民街区里的一处容身之地，有了工作和安家的希望，芝加哥就能够成为家园。

芝加哥在《屠场》开篇对约吉斯而言象征着希望，这是出于两方面的原因：一是他相信芝加哥的力量；二是他相信自己的力量。芝加哥的力量首先来源于19世纪末的美国在东欧移民眼中"乐土"的形象，在他们口中那里遍地是发财的机会。

---

① 胡碧媛，《厄普顿·辛克莱小说研究》，北京：中国书籍出版社，2012。183页。

约吉斯也曾听说过美国。据说在那个国家里,一个男人一天可以挣三个卢布;约吉斯根据立陶宛乡村的物价盘算了一下一天三个卢布的价值,就决定到美国去结婚,还可以当上富翁。据说在那个国家里,不分贫富,人人都是自由的。谁都用不着当兵或者向流氓似的官员行贿——谁都可以爱干什么就干什么,决不会自惭形秽。因此,美国是情侣们和年轻人梦寐以求的乐土。①

约吉斯对美国这种相对片面的认知一方面是受限于他的立陶宛乡村生活经验,另一方面则是受限于当时资讯普遍不够发达,约吉斯所能接触到的关于万里之外的异国他乡的消息,仅仅是一些"听说"或者"据说"。随后,美国这片充满机遇的乐土又进一步具体化为"芝加哥"一词,这也是约吉斯一家在抵达芝加哥前所知晓的唯一一个英文单词。其实,芝加哥对约吉斯一家而言也是一个宏大的概念,他们到达芝加哥的最终目的地是与市中心完全分隔开来的罐头镇,即"屠场",也就是说他们的芝加哥经验又局限于被称为"屠场"的城市一隅。

依靠德莱塞的《嘉莉妹妹》、诺里斯的《深渊》和辛克莱的《屠场》,可以简单勾勒出19世纪末至20世纪初的芝加哥城市地理区域分布图,而这种分布图在地理学的意义之外,还体现了城市的基本组织原则。简言之,"城市像一圈圈的同心

---

① 厄普顿·辛克莱,《屠场》,肖乾等译,北京:人民文学出版社,1979。31页。以下原文引用均出自同一版本,在正文中只标记页码。

圆一样生长——处于中心的是商业区,依次向外的区域分别是:住宿条件差和租金低的区域,即贫民窟;即将变为下个贫民窟的工人阶级区域;高级公寓住宅区;最外一圈是乘公交车上下班者的区域,即郊区或距离中央商业区三十到六十分钟的附属区。"[1] 依照这个同心圆结构来参照芝加哥,让嘉莉妹妹流连忘返的百货商店和让杰德温无法自拔的商会大厦都位于最中心的商业区。让劳拉厌恶的肮脏街道和邋遢的贫民窟是紧挨着中心商业区的内圈同心圆,因为这里常常是老城区,随着城市人口的增长逐渐变得拥挤,继而因为中产阶层的搬离和留在区域内的居民与市政部门无力持续修缮而逐渐破败,最终成为城市问题较为集中的区域。嘉莉妹妹的姐姐和姐夫所租住的房子位于向外一圈的工人阶级区域,虽然他们现在居于此处,但是无力购买此处的房产,于是只能"在很远的西区购置了两块地皮,每块单价两百元,按月分期付款,已付过好几个月了。他真是巴不得有朝一日在那里盖一所房子"[2]。未来嘉莉妹妹的姐姐和姐夫可能居住的区域就是离市中心更偏远的地方,需要依靠更长时间的公共交通通勤的郊区。工人阶级区域再向外的同心圆是高级公寓住宅区,嘉莉妹妹与德鲁埃同居后应该居住于此区域,劳拉的姑妈和妹妹也应该是在这一区域;同时与这一区域毗邻的应该还有一片高档别墅,比如海尔太太曾带领嘉莉妹妹去参观的富人住宅区和劳拉与杰德温婚后所

---

[1] 欧内斯特·W. 伯吉斯(Ernest W. Burgess),转引自理查德·利罕,《文学中的城市:知识与文化的历史》,吴子枫译,上海:上海人民出版社,2009。263页。
[2] 西奥多·德莱塞,《嘉莉妹妹》,潘庆舲译,北京:人民文学出版社,2012。12页。

居住的滨湖大别墅。这一圈高档住宅区集中于芝加哥北部,是芝加哥城市不断向外扩张、吞并周边市镇、获得大片土地的结果。与之相对的芝加哥南部郊区最外圈是重工业和屠宰业集中的区域,也就是《屠场》的主要场景罐头镇的所在区域。通过这一城市同心圆结构,可以清晰地看到城市中不同阶层处于不同的活动范围内;反过来,因为小说中的人物在城市不同的区域内活动,其所感知的城市空间和所经历的城市体验千差万别。

在《屠场》中,主人公约吉斯所经历的主要是芝加哥作为工业城市的一面,他的芝加哥初印象可以总结为牲畜的低吟、刺鼻的气味和高耸的烟囱这三样最能代表"屠场"特征的东西,它们分别从听觉、嗅觉和视觉这三个方面来构筑小说主人公约吉斯的芝加哥印象。首先,辛克莱将屠场中聚集的成千上万头牲畜所发出的声音与一组大自然中的意象相联系:"它宛如春天蜜蜂的嗡嗡声,也像风吹树林的簌簌声;它象征无止境的活动,象征一个在行动中的世界所发出的响动。"(35)虽然屠场是在城市中,但这声音是由屠场中庞大的一群动物所发出的原始的声音。

再者,屠场刺鼻的气味在约吉斯一家人还在电车上尚未进入屠场核心区域之时就已经扑面而来,如果将屠场这种出场比喻为一个人物的登场,那么在这个人物登场前,其特殊的气味就已经足以引起读者的注意了:"他们又开始注意到另外一种现象:一种刺鼻的陌生气味。……它是种原始的气味,很生硬;它也是种浓烈的气味,几乎有点臭,强烈得刺鼻。有人把它当作麻醉剂来饮用;也有人用手帕捂住自己的脸,这些新来的移民依旧在品它的味道,心中把握不定……"(33—34)这是一种属于屠场的特殊气味,以至于逐渐成为芝加哥所特有的一种气味,多年以后即便屠场已经不复存在,但这种气味依旧可以成为芝加哥的城市记忆。在索尔·贝娄的小说《洪堡的礼物》中,主人公西特林在1970年代的一个夏日夜晚,虽然身处纽约,但是作为一个芝加哥人可以轻易地回忆起以屠场的气味为代表的芝加哥味道:

> 在闷热的夜气之下,芝加哥人用他们的身心体验着这个城市的一切。屠宰场没有了。芝加哥不再是一个杀戮的城市了。可是,昔日的气味在闷热的夜气中又复活了。当年,和铁路平行的数英里大街上,曾经充满了红色运牛车,等着进屠宰场的牲畜,哞哞的叫声和冲天的臭气嚣然尘上。昔日的恶臭仍然不时地从这个地方散发出来,弥漫在四方,使我们想到在屠宰技术方面芝加哥一度领先世界,千千万万的牲口在这里死掉了。那天夜里,窗户敞开着,各种为人们所熟悉的熏人的臭气又回来了:肉味,脂肪味,血粉味,骨末味,皮革味,肥皂味,熏肉味,毛皮的焦糊味。昔日芝加哥的气息又透过门窗在鼓荡。①

这种来自身体感官的对于一座城市的记忆是如此深刻,一旦形成,可以伴随主人公一生,无论他身处何地。尽管屠场的气味并

---

① 索尔·贝娄,《洪堡的礼物》,《索尔·贝娄全集》(第六卷),蒲隆译,石家庄:河北教育出版社,2002。154页。

不令人愉悦，但这是属于芝加哥城市所独有的一种味道和记忆。

给约吉斯同样留下深刻印象的还有罐头镇上无数工厂中高耸的烟囱："六个烟囱，像最高的建筑物一样高，几乎碰到了天空，从这些烟囱里冒出来六股油光光的、漆黑的浓烟。这烟仿佛是从地心冒出来的，那儿的火已经燃烧了几个世纪，至今尚未熄灭。"（34）烟囱的意象与城市的工业化紧密相连，在更早期的描绘城市工业化进程的文学作品中就一直反复出现，例如，英国诗人布莱克写有两首《扫烟囱的孩子》（"The Chimney Sweeper"，1789/1794），再如狄更斯在数部小说中都曾描写过伦敦城中的烟囱。"烟囱，相当明显，在此处（指《董贝父子》）和《雾都孤儿》中，对狄更斯而言是一种让人痴迷的东西。"[①] 伦敦城的烟囱在英国文学史上留下的深刻印象，在一定程度上折射出的是城市工业化进程中所表现出的冷漠与残酷。相比之下，虽然芝加哥同为工业城市，但是它的烟囱在辛克莱笔下，似乎具备了"燃烧了几个世纪"的生生不息的能量。

《屠场》中的主人公约吉斯在初见屠场高耸的烟囱"来势凶猛""无穷无尽"（34）的力量之后不久，与自己的爱人奥娜再次来到屠场后院看到它们的时候，在深受其力量的感染之余，又为其增添了一抹浪漫的色彩与对未来的期许：

那些建筑物的轮廓映着天空，黑魆魆的十分清晰；还有

[①] Tambling, Jeremy. *Dickens' Novels as Poetry: Allegory and Literature of the City*. New York and London: Routledge, 2015. 51.

第一章 多面的芝加哥

> 大烟囱东一处西一处地耸立在一片建筑物之中,冒出来的烟像河流似的滚滚流向世界的尽头。这烟的颜色变幻莫测;在夕阳的映照下,它带着黑、棕、灰、紫诸般颜色。这地方的一切肮脏痕迹都消失了——在蒙蒙的暮色中它的景色是力量的象征。这对情侣站在那里看着它渐渐被黑暗吞噬:人的力量,已取得的成就,成千上万人的就业,机会和自由,生活、爱情和欢乐。当他们挎着胳膊离开的时候,约吉斯说:"明天我要到那儿去找一个工作做!"(40)

辛克莱在此处对工厂烟囱的描写没有掺杂一种对城市工业化进程的反感和厌恶,反倒是聚焦于工业的力量能够给人带来的希望。贝娄笔下的芝加哥烟囱所反映出的工业化的力量也与其一以贯之①,这与英国文学中伦敦城的烟囱形成了鲜明的对比。此外,在因奥娜的陪伴而让象征工业力量的烟囱和浓烟有了一抹浪漫色彩之余,约吉斯在第二天真的顺利实现找到工作的心愿之后,参观了宏大的罐头厂,工业的力量在他淳朴的心中又增添了一抹神圣的光辉:

> 约吉斯才觉得像约伯斯那样带着怀疑的态度谈论这地方简直是种亵渎神圣的行为;这地方就像宇宙一样伟大——它行事的规矩和方法都像宇宙一样不容许人们怀疑或理解,在约吉斯看来,一个渺小的人能够做到的,只是乖乖地接

---

① 参见本书第121页。

> 受他所看到的一切，照着吩咐他的话去做；在它里面占一个位置，参加它的神奇的活动，是一种应该感激的幸福，就像人们感激阳光和雨露一样。(56)

辛克莱在此处为工业的力量赋予了一种自然神性，将其与自然界中的宇宙、阳光、雨露相类比。可见，虽然《屠场》作为揭露黑幕小说的代表作，读者对其的印象惯常是对食品工业不堪的一面的呈现，但是在小说开头的前几个章节中，辛克莱并没有直接开启黑幕，反倒是将工业的力量与未来生活的希望相联系。

在约吉斯眼中，芝加哥象征着希望，这不仅仅是出于充斥其中的工业的力量，还有他对人的力量，即自己的力量的信仰。约吉斯对于自己的信心和未来生活的信心在很大程度上是来源于对自己体力精力的信任："他到芝加哥还只四个月，他又年轻，而且身材魁梧得像个巨人。他身上蓄着过多的精力。他甚至没法想象什么叫做垮掉。"(28)并且，他对自己体力的信任在小说开篇并不是一种盲目的信任，因为当他第一次去屠场找工作时便因为体格比其他人要高大许多而一眼便被工头注意到，继而获得了一份工作，并依靠自己的力量获得了一段时间稳定的工资收入，维系了一家人的基本开支。

可是，在小说开篇象征生活新的希望的婚礼上，欢乐的气氛并没有持续多久，在婚礼后半程，奥娜和伊莎比塔大娘为婚礼的巨大开销而苦恼失望。约吉斯一家人对于新生活的希望就如同婚礼气氛的转变一样，逐渐陷入失望，并不断地在希望与失望之间徘徊。比如，刚到芝加哥屠场之后没几天，约吉斯就

第一章　多面的芝加哥

明白了自己当初以为到了美国就能发财的美梦究竟有多么幼稚："他们在这高薪的国家虽然只待了几天，但他们的实际经验已使他们明白这一痛心的事实：这个国家的物价也特别高，而且国内的穷人也像世界任何角落里的穷人一样穷。约吉斯做了好久的发财美梦，在一夜间就完全破灭了。"（36）再比如，当约吉斯进入工厂工作之后，一方面了解到更多关于整个食品工业的不堪之处："约吉斯眼睁睁看到由这种牛身上宰割下来的肉就同其他的肉一并放进冷藏间去，只是仔细把它们分散开来，使人无法辨认。约吉斯那晚回家，心情十分惆怅。他终于开始看到，当时讥笑他对美国深信不疑的那些人，也许是不无道理的。"（85）另一方面，他也认识到在工厂里做工想要得到更好的职位，想要晋升拿到更好的薪水和待遇，都不是单凭力气而已："约吉斯来到屠场，本想有所作为，然后得到提升，成为技术工人；但很快他就会发现自己是大错特错了，因为罐头镇上没有人能凭着干活出色而得到提升。如果你在罐头镇上看到谁高升了，那人准是个坏蛋——你尽可以把这当作衡量人的尺度。"（81）面对这些不断挑战他的旧认知的屠场新环境，约吉斯开始意识到自己的美好期望与残酷城市现实的差距。

尽管社会现实中有差距，内心情绪上有失望，辛克莱在小说前半部分塑造以约吉斯为代表的移民形象时不断强化他们骨子里的善良与质朴，并集中将其体现为对未来美好生活锲而不舍的追求，从而在小说中形成了希望与失望的不断角力和拉扯。比如，面对严酷的自然和社会环境，他们不曾放弃希望："即使在这样凛冽的严冬，人们心灵里希望的萌芽也仍然是无法抑制的。"（113）再比如，出现在他们生活中的孩子带来了新的希望:"……因为他认为他所生活的世间,还有小安东纳斯微笑那样美妙的东西,这样的世界骨子里必然是善良的。"(159)此外,小说开篇的传统婚礼还象征了一种信念,这是一种希望的信念,为生活所迫的贫穷移民需要用其来支撑他们的生活:"一点一滴地,这班穷人放弃了其他一切;但是唯有这个他们至死不放——他们不能放弃这种结婚仪式。如果连这个也放弃了,那就不仅仅是失败,而且是承认失败——而二者之间的区别就是促使世界前进的动力。"(17)约吉斯等人在芝加哥这座崇尚效率和力量的工业城市中,仍旧怀有并坚守着这种显得有些执拗而笨拙的信念,辛克莱对此并没有任何调侃或者嘲笑的语气,反而是肯定其作用和价值。同时,如果将辛克莱笔下的约吉斯与德莱塞笔下的嘉莉妹妹对城市的期许做一对比的话,会发觉嘉莉妹妹更加迅速地将自己的物质欲望与城市建立了联结,并不断受到都市欲望的影响,主动期许更多更好的物质享受。然而,约吉斯则更倾向于回归旧传统,从而与城市保持距离,也就是说:"辛克莱的描述有着精准性:都市贫民窟中艰辛的贫困的确与外面的城市生活完全隔离——这种生活范围狭隘,却有着残忍的苛求。……他的人物像宗教烈士一样,仅仅是周围环境下的典型受难者,从来不是自主的行为主体。"[1] 由此,约吉斯本质上的纯良和被动与他最终丧失一切希望、生活走向绝望的命运结局之间才形成了强有力的富有传统悲剧色彩的对比。

---

[1] 莫里斯·迪克斯坦,《途中的镜子:文学与现实世界》,刘玉宇译,上海:上海三联书店,2008。56页。

约吉斯从希望变为失望继而走向绝望的过程是从他发觉谎言和欺骗开始的:

> 他已经学会应付环境的本领了。这是一场你争我夺的战争,先下手为强,后下手遭殃。并不是你摆上筵席请大家来吃,而是等着大家摆上筵席请你来吃。你怀着一肚子的疑窦和仇恨走来走去,你晓得四周全是敌对的力量,他们都想夺去你的钱财,并且用一切美名设下圈套。店铺在窗口贴出各种谎言来引诱你。道旁的篱笆、路灯柱子和电线杆上,到处也都贴满了谎言。雇用你的那个大公司向你扯谎,向全国扯谎;从上到下,都只不过是个巨大的谎言。(101)

一旦当约吉斯开始意识到这种谎言的把戏之后,他便一下子发现周遭的一切,小到个人生活,大到国家政治,都是欺骗:"他曾经听人说过,美国是个自由的国家——可是那究竟意味着什么呢?他发现原来这里跟俄国完全一样,阔人也拥有一切;一个人如果找不到工作,他还不是一样挨饿?"(124)随后申请美国国籍、参加投票这些过程让约吉斯进一步意识到美国民主的虚伪之处:"控制这个政府、并把一切贪污来的赃款统统塞入私囊的官吏,都必须先由人民选举出来。"(125)继而,约吉斯的生活滑向失控和绝望,仅仅是源于一次偶然的脚踝受伤,他需要卧床几个月。但是,这种偶然中又蕴含着某种必然的悲剧性结果:芝加哥不再等于希望,而是让人陷入绝望的恐怖,因为原先约吉斯所能依靠的鲜活的人的力量消失了,他的生活中只剩下了冰冷的工业的力量：

> 这以前，他对生活总是抱着欢迎的态度：艰难困苦是有的，但都是一个人所能承担得了的。可是如今，当他在黑夜里辗转不眠的时候，一个狰狞可怕的幽灵就踏进他的寝室。……事实很可能是这样：不管一个人怎么奋斗，怎么操劳，他仍然会失败、落魄、遭到毁灭！这个念头就像一只冰凉的手按在他的心头。约吉斯想到在这个阴森可怕的家里，他和他所爱的那些人行将倒下，因冻馁而死；没有人会理睬他们的喊叫，没有人会伸手来帮一把。原来确实是这样，确实是这样：这个大都市，尽管它聚集了大量财富，可是正像穴居的时代，人类在这里也受到自然暴力的袭击和摧残。(157)

经过受伤，约吉斯变成了"那部巨大无情的罐头机器磨损了的零件"(169)，这是遵从城市丛林法则的必然结果，此处辛克莱也点出了芝加哥大都市受控于丛林法则之下的无情与残酷。最终在失去工作、失去房子、失去妻子奥娜、失去孩子的四重打击之下，约吉斯彻底绝望了。约吉斯在屠场的一份工作和全家人在芝加哥屠场后院分期购买的房产是其将异乡变为家园的可能性，与他一同来自立陶宛乡村的妻子象征了他的家乡和旧传统，他们的孩子则是未来的全部希望和寄托，此时约吉斯彻底失去了所有，由此切断了与新城市的联系、与旧传统的联系、与希望和寄托的联系，没有了"现在""过去"和"未来"，变成一个漂离于时空之外的无根之人。

造成约吉斯由希望到失望再到绝望的这种心态转变的是内在与外在双方面合力的结果。内在的因素是移民在语言文化上的隔阂,外在的因素是城市工业机器的无情。内外因素的这种双重冲突首先在小说开篇的家乡传统婚礼上得到了很好的体现。约吉斯和奥娜的婚礼是完全按照立陶宛的风俗进行的,新郎新娘一家人与宾客们穿着家乡服饰,演奏家乡音乐,跳家乡舞蹈,在这一传统风俗的氛围之下,"芝加哥连同它的酒店和贫民窟都从他们眼前消失;出现在他们前面的是绿色的草原和阳光灿烂的河流,无边的森林和白雪覆盖的山岭"(8)。这一婚礼现场人物心理感受上的场景转变暗示了一个双重对比,即异乡与家乡、城市与乡村的双重对比。

在异乡与家乡的对比中,约吉斯一家人首先面临的是语言上的挑战。全家并没有人会说英语,这为他们初期的芝加哥城市生活带来了巨大的障碍,他们无法与人沟通,无法看懂合约上的内容,全部都只能依赖翻译,难免吃亏上当。相比之下,还有另一个移民群体,他们更年轻,也更善于融入新的城市环境:"年轻人却竭力避免这一类服饰,他们中间极大部分人都已学会讲英语,追求最时髦的服装。姑娘们穿着现成的服装或衬衫,有几个看去还挺漂亮。有些年轻小伙子一眼看去简直跟美国人一模一样,活脱像美国的小职员,唯一的差别只是他们在室内戴着帽子。"(13)从服装和语言上的差别可以看出不同人物在身份认同上的差别,约吉斯一家操着家乡的语言,与旧传统、旧身份的关系更密切;而年轻人无论是从语言还是衣着上都反映出其对于自己芝加哥人和美国人身份的认同。着装和语言这些外在身份的差别继而又内化为更深层的文化上的差异，例如，那些"简直跟美国人一模一样"的年轻人在小说开篇的婚礼上就完全不再遵循传统习俗：

> 按照立陶宛规矩，婚礼本身是个契约，虽无明文规定，但对大家反倒更有约束力。每个人应出的份子各不相同——但每个人都知道自己该出多少，而且尽可能多出一些。可是，现在他们来到了这个新的国家，一切都在变样，好像人们在这儿呼吸的空气里含有什么毒素似的——它对所有的年轻人起着不良的影响。他们会成群结队地来参加盛宴，饱餐一顿，然后偷偷地溜走。(20)

约吉斯一家眼中的年轻人所受到的"不良的影响"其实是文化间的差异，他们所遵循的立陶宛规矩代表着家乡文化，而年轻人不再随份子钱的行为则代表着异乡文化。"也许比语言习得更重要，文化素养是《屠场》中影响个人生存斗争的一个作用巨大的因素。对一个文化的世界观的知识——其修辞学的、哲学的、认识论的基础——约束着在这个文化中的交流与行为。"[1] 这两者文化间的隔阂作为内在因素，加剧了约吉斯一家人在芝加哥的艰难处境，他们对芝加哥语言和文化的一无所知使得他们无法与大都市人交流，也无法按照大都市的规则行事，进而在大都市的生存竞争中处于劣势。

---

[1] Moghtader, Michael. "Discursive Determinism in Upton Sinclair's *The Jungle*". *CEA Critic*, SPRING AND SUMMER 2007, Vol. 69, No. 3, 17.

第一章　多面的芝加哥

城市与乡村的对比在很大程度上可以视为是工业与自然的对抗，是促使约吉斯走向绝望的外在因素。约吉斯一家人所来自的立陶宛乡村是自然的象征，而芝加哥城市则化身为一台巨大而无情的工业机器：

> 一提夏季，你也许就会想到一片乡村的景色：绿色的田野，青翠的山峦和碧波连天的湖水。屠场的工人们却不会联想到这些。那巨大的屠宰机器无情地运转着，它一点也不想念那绿色的田野。隶属于这部机器的男女和幼童从来也没见过一件绿色的东西——连一枝花也没见过。在他们东边四五英里就是蓝色的密执安湖——说到湖水对他们的好处，那却跟太平洋一般遥远。……他们被捆绑在这部庞大的屠宰机器上——终身捆绑在上面。(138—139)

来自与自然紧密相连的乡村的移民一旦进入城市，便与自然彻底切断了关联，转而与冰冷的无机物——机器相连，这种割裂使得如约吉斯这样的移民无法适应。将芝加哥比喻为一台工业机器在芝加哥城市书写中十分常见，比如诺里斯在《深渊》中同样借劳拉之口指出了这一隐喻[①]。但是，辛克莱此处通过将其与屠场的工人们进行"捆绑"，形成了身体与机器的合一。一方面，工人的身体成为巨大工业机器上的一个个零部件，等待这些血肉之躯的只有磨损与废弃；另一方面，工业机器也幻化为身体，"资本主义下的屠场具有活物的消化本

---

① 参见本书第42页。

性——食入、消化吸收、排泄"①,即工人进入屠场劳作仿佛被吞入这台食品工业的巨大机器,随后工人的体力精力被消磨殆尽,最终失业,为工厂所抛弃。在约吉斯完全对城市绝望之后,他本能的反应便是逃离城市,回归乡村和自然:"每当火车停下的时候,总有一股暖风朝他吹过来,这从绿色的田野上吹来的风带来了忍冬和苜蓿的清香的气息。他一嗅到这种气息,便止不住一阵心跳——他现在又来到农村了!他准备长期在农村住下去了!"(305)约吉斯通过这种嗅觉的刺激,一种与屠场刺鼻的气味完全不同的自然的嗅觉记忆,重新建立起与自然的联系,继而如野草一般完成了重生,开启了流浪的生活。

但是,辛克莱作为自然主义文学的代表作家,其看待自然的态度除了欣赏湖光山色的自然美之外,更多的是将弱肉强食、适者生存的自然法则移植到了城市中:

> 凛冽的严冬来到了。在森林里,树木的枝丫整个夏天都在拼命争取阳光,如今有的枯萎了。随后,暴风雪的冰雹扑来,把这些脆弱的枝条吹个满地。罐头镇上也是这样。整个这一带在一场痛苦的斗争中,都拼命挣扎着,那些死期来临的就成批成批地入了土。一年到头,这些工人就充当罐头机器这部巨大机器上的一个个的齿轮。现在这部机器又该重修了,把损坏的零件补上。(106)

---

① Duvall, J. Michael. "Processes of Elimination: Progressive-Era Hygienic Ideology, Waste, and Upton Sinclair's *The Jungle*". *American Studies*, Fall 2002, Vol. 43, No. 3, 38.

大自然的丛林法则是为了生生不息,冬天的枯萎是为了春天的重生,这是自然的生命力。而如果将同样的丛林法则照搬至人类所居住的城市,其结果只能是摧残人性,加剧矛盾。"辛克莱《屠场》的毒性写作呈现的是以城市为表征的人为建构的自然,在人类干涉之下变得满目疮痍。"① 在自然界,丛林法则是一种良性的竞争与淘汰,但是在"人为构建"的城市中,同样的丛林法则只能是一种"毒性"的物化与异化。所以,在这个层面上,辛克莱在呈现诸多自然主义式的人物和场景细节的同时,也普遍地揭露了整个城市和社会运行所依赖的体系与法则:"他的目的不仅仅是报以同情或是描述他们的工作处境,而是质疑整个体制的基础:将都市风景变成野蛮之地,变成丛林的这种竞争的个人主义伦理。"② 当"这种竞争的个人主义伦理"是建立在与大自然相同的弱肉强食的丛林法则之上时,芝加哥城市中便只剩下了野蛮的竞争,而毫无伦理可言。尤其是对于穷人来说,时刻挣扎在温饱线上的生存挑战,让其无暇顾及更多:"……穷人无法承担与资产阶级一样依照同样的道德准则过活。道德与社会规则,当其无法适应实际情况时,就变得具有毁灭性。"③ 约吉斯在小说开头所感受的具有浪漫色彩和自然神性的工业力量在丛林法则的操控下最终化

---

① 胡碧媛,《厄普顿·辛克莱小说研究》,北京:中国书籍出版社,2012。48页。
② 莫里斯·迪克斯坦,《途中的镜子:文学与现实世界》,刘玉宇译,上海:上海三联书店,2008。52页。
③ Tavernier-Courbin, Jacqueline. "*The Call of the Wild* and *The Jungle*: Jack London's and Upton Sinclair's Animal and Human Jungles". Donald Pizer ed. *The Cambridge Companion to American Realism and Naturalism*. Shanghai: Shanghai Foreign Language Education Press. 2000. 255.

身成为抹杀希望的毁灭力,以屠场为代表的芝加哥也彻底由贫穷移民的希望之城转变为了绝望之城,进而需要重生之后接受了社会主义信仰的约吉斯来拯救它。

  同样的一座城市芝加哥,在德莱塞笔下是嘉莉妹妹眼中充满物质诱惑的欲望都市,在诺里斯笔下是劳拉心中激荡的艺术热情和杰德温耳边回响的小麦洪流,在辛克莱笔下是无情摧毁约吉斯一家美好希望的工业机器。在他们的笔下,这里的百货商店、街道、大剧院、商会大厦、屠场,这里的售货员、推销员、演员、商业大鳄、产业工人,都是都市中男男女女的喜怒哀乐,在不同的场景中切换、交织,共同书写着一个名叫"芝加哥"的故事。

第二章
谁的芝加哥

在 20 世纪芝加哥成长为一个强有力的工商业城市的过程中，外来移民的力量不可忽视。除了东欧移民在芝加哥大量聚集之外，黑人移民也逐渐成为城市发展的中坚力量。自 1910 年前后开始，此后四五十年间，总数约有超过 500 万的黑人离开美国南方，前往北方的大城市谋求更好的工作和生活，他们的目的地以芝加哥和纽约为主。"仅在二战期间，就有大约六万五千非裔美国人从南方乡村来到芝加哥。他们挤入南区和西区的贫民区，他们因战时的繁荣而来到这里。"[1] "1965 年，居住在芝加哥的黑人比在密西西比的还要多，仅公共住房中所居住的非裔美国人人口数量就比阿拉巴马的塞尔马市还要庞大。"[2] 数量庞大的美国南方黑人的到来无疑为芝加哥城市的工商业繁荣发展贡献了巨大的力量。虽然黑人移民在芝加哥较美国南方而言获得了更大自由、更多权利，但是根深蒂固

---

[1] Pacyga, Dominic A. *Chicago: A Biography*. Chicago：The University of Chicago Press, 2009. 284.
[2] Ibid., 285.

的种族歧视与种族隔离始终无法消除。例如，1919年夏天，因抗议糟糕的居住条件，芝加哥黑人发生暴力骚乱，为城市的发展蒙上了一层挥之不去的阴影。此后，种族歧视与种族隔离并没有随着黑人人口的增长和城市的发展而有所改观，反倒是愈演愈烈，大多数芝加哥白人都抵制融合，尤其是在住房方面，这就使得大量黑人城市居民不得不面对堪忧的居住条件、低下的受教育水平和缺乏技能性的工作选择。种族冲突也随之成为芝加哥人在这一时期所面临的主要矛盾之一。

上述这些芝加哥黑人所经历的种族问题首先在美国黑人作家理查德·赖特的笔下得到了集中的呈现，尤其是在其1939年所发表的长篇小说《土生子》中。小说主人公别格·托马斯就是千千万万芝加哥黑人移民的一个缩影，他因误杀了一名白人富家女而卷入了一系列的谋杀、逃亡、追捕、审判与舆论漩涡之中。而四十多年后，在另一位芝加哥作家索尔·贝娄的长篇小说《院长的十二月》中，同样在芝加哥出现了黑人杀害白人的案件，也同样触动了种族问题的敏感神经，引起了舆论上的轩然大波。赖特的小说从黑人的视角考察黑人在城市中的生存问题，而贝娄的小说则是从白人的视角出发。如果将这两部小说互为参照，则会发现两个相互交织的声音所发出的相同问题：这究竟是谁的芝加哥？这座城市究竟怎么了？

《土生子》：白人世界与黑人地带

赖特的长篇小说《土生子》中的故事是基于1938年在芝

加哥发生的一起犯罪案件,一个黑人谋杀了一名白人女性。小说虽以这个真实的案件为蓝本,但在以文学的想象丰富案件细节的同时,更重要的目的在于深入主人公别格·托马斯的内心世界,并借此来探究别格犯罪行为的动机与成因。别格一家从美国南方密西西比来到芝加哥,租住在南区的一处小公寓内,他受教育程度不高,对去工作这件事并不怎么上心,整日无所事事,游手好闲,曾经有过3个月的劳教经历。毫无疑问,别格的生活背景与经历是一名典型的芝加哥南区黑人,是根植于这个城市的"土生子"的代表。小说中的其他人物提及别格,都说"他跟所有其他黑孩子一模一样"①。但是,赖特在让别格具有芝加哥南区黑人的普遍性的同时,又让他与众不同——别格失手杀死了白人富家女玛丽,最终成为一名杀人犯。

赖特在塑造别格这一人物的独特性之时,着重刻画了这位20岁黑人青年胸中憋闷着的一股冲动。别格内心总有一个想法"我一直想干些什么……"(467),他在狱中对律师麦克斯说他想当飞行员,想参加陆军,想要做生意。但是,这些想法在芝加哥这座城市中都无法实现,他什么都干不了。当别格与黑人伙伴格斯看到城市天空中飞过的飞机时,他们两人都清晰地意识到自己作为黑人,无法同白人一样,拥有同等的机会去实现自己的想法:"'他们那班白人男孩子当然能飞行。'格斯说。'是的,'别格向往地说,'他们有机会想干什么就干什么。'"(17—18)相比之下,别格和自己的黑人伙伴在艳羡

---

① 理查德·赖特,《土生子》,施咸荣译,南京:译林出版社,2008。216页。以下原文引用均出自同一版本,在正文中只标记页码。

之外，只能以嘲弄之姿玩起扮演"白人"的游戏，他们扮演将军、股市大亨 J. P. 摩根、美国总统，但是这些无一不是他们永远也无法成为的人。别格的独特性就在于，他在认识到自己的无能为力之后，并不屈从于这种无力感；相反，他觉得无法忍受。

"他们什么也不让我们干。"
"谁？"
"白人。"
"听你说话口气，好像刚刚发现这情况似的。"格斯说。
"不。可我就是受不了，"别格说，"我向上帝发誓，我就是受不了。我知道我不应该想这件事，可我没法不想。每次我只要一想起来，就觉得好像有人拿了烧红的铁塞进我喉咙似的。他妈的，瞧！我们住在这儿，他们住在那儿。我们是黑人，他们是白人。他们什么都有，我们什么都没有。他们干啥都成，我们干啥都不成。就像关在监牢里似的。有一半时间，我觉得自己像是在世界外边，巴着篱笆眼儿在往里瞧……"（21—22）

别格这里提到的"在世界外边"，其实是作为黑人，他与他的种族被隔离在了白人世界的外边，那个"伸展和耸立在他们前面阳光中的巨大白人世界"（20）。

由此，芝加哥城市在别格眼中并不是一个整体，而是严格地区分为"白人世界"和"黑人地带"。赖特在谈到《土生子》这部小说的创作之时,就曾提及芝加哥的这种割裂:"这个神话般的城市,比格①就生活在这里,它是一个无法描述的城市,巨大、喧嚣、污秽、嘈杂、原始、荒凉、粗野。它是一个充满极端的城市:炎热的夏天和寒冷的冬天,白人和黑人,英语和外语,外地人和本地人,卑微的贫困和俗丽的奢华,高亢的理想主义和顽固的犬儒主义!"② 赖特在小说中也不止一次地突出强调了白人世界与黑人地带这两者之间的界限感,尤其是让小说主人公别格对这种界限有着清晰的认识:"他知道黑人不能到黑人地带以外去租房住,他们必须住在'分界线'的他们这一边。没有一个白人房地产商肯租公寓给黑人,除非是在划归黑人住的区域内。"(278)城市中这种物理上客观存在的界限不仅仅限定了黑人的居住区域,还深刻影响着黑人生活的方方面面,小到连一块面包的价格都要比白人区贵,大到如别格和同伴所感受到的受教育和工作机会的差别,居住在黑人地带的别格所拥有的芝加哥城市生活与分界线另一边白人的截然不同。别格对律师麦克斯说:"他们画了一根线,要你待在线的这一边。他们不管你这边有没有面包。他们不管你死活。随后他们就那么谈论你,当你想要越过线的时候,他们就杀死你。那时候他们觉得他们应该杀死你。那时候每个人都想杀死你。"(392)这种物理区域上的分界和城市生活上的区别进而导致了双方在意识形态上更为深入的隔阂,"物理空间的区隔关系体现的是种族的隔离状态,种族隔离的心理隔离通过

---

① 比格即《土生子》小说中的主人公别格,为不同译本之间的差别。
② 转引自莫里斯·迪克斯坦,《途中的镜子:文学与现实世界》,刘玉宇译,上海:上海三联书店,2008。46页。

空间区隔得以实现"①。

可见,芝加哥城市中的白人世界与黑人地带并不是单纯的城市空间上的划分,而是一种深刻的具有政治性的思想和心理隔阂。这正是列斐伏尔(Henri Lefebvre)所阐述的空间的社会性和政治性:"我所试图说明的是一种社会的空间,既不是由物的聚集也不是(感官的)数据总和所组成,也不是像包裹里塞满了各式各样的内容的那样一个堆满的空间,不可将其简化为一种强加于现象、物和客观的物质性之上的'形式'。"② 也就是说,一方面,城市中的空间是一种社会关系的总和,"人们在空间中看到了社会活动的展开。人们区别了社会空间与几何空间,即精神空间"③。另一方面,城市空间中所展开的这种社会关系具有阶级性和政治性,这是由于城市中不同社会阶层间不平衡的经济、政治状况所导致的,因此,

> 在这种情况下,某种极为严重的事情就会出现:在大都市中的一种殖民主义的转移空间,一种欠发达地区和区域(相对于那些决策的中心,特别是巴黎的中心)的半殖民主义;传统意义上的殖民地已经不存在了,然而,都市的半殖民主义已经出现了。它将一些农村人、大量的外国工

---

① 李美芹,《论〈土生子〉的空间政治书写》,《外国文学》,2018 年 5 月第 3 期,135 页。
② Lefebvre, Henri. *The Production of Space*. Trans. Donald Nicholson-Smith. Malden, Oxford and Victoria: Blackwell Publishing, 1991. 27.
③ 亨利·勒菲弗,《空间与政治》,李春译,上海:上海人民出版社,2008。39—40 页。本书著者"勒菲弗"即为列斐伏尔(Lefebvre),译介初期名字译法学界尚未统一。

人、属于工人阶级或者知识分子的大量法国人,都纳入到了这些中心的支配之下。所有这些人,通过各种各样的方法,受到了一种集中的剥削,而现在,在空间上都处于一种被隔离的状态中。①

列斐伏尔的这种都市半殖民主义不仅仅存在于他所熟悉的巴黎,也同样存在于赖特笔下的芝加哥。在芝加哥,居住在白人世界里的如道尔顿先生这样的资产阶级是这种都市半殖民主义中的"殖民者";而被隔离于黑人地带的如别格一家这样的受剥削者是"被殖民者"。

作为殖民者,道尔顿一家并不是传统意义上凶残的施暴者。相反,道尔顿先生和太太在小说一出场便谈论的是白人与黑人之间的信任感,他们希望初到家里工作的别格能够逐渐熟悉家里的环境,并信任他们:"'……应该让他感到他可以自由地信任他的环境,这在感情上是很重要的,……我想我们应该立刻激发起他的一种信任感……'"(53)虽然道尔顿先生和太太怀着良好的初衷,但是他们所谈及的这种"信任感"对于别格而言毫无意义,因为这一意义产生的前提是别格能够理解他们所说的,也就是进入他们的话语体系。恰恰相反,别格根本无法理解他们的谈话内容,信任感对他来说是毫无意义的字眼:"他们用了些难懂的奇怪字眼,他听了觉得毫无意义。它是另一种语言。"(53)此处,"另一种语言"的问题,可以

---

① 亨利·勒菲弗,《空间与政治》,李春译,上海:上海人民出版社,2008。61—62页。

在辛克莱的小说《屠场》中的东欧移民约吉斯与别格之间形成一组对照:约吉斯初到芝加哥之时,因为完全不懂英语,而形成了语言上的隔阂,产生了交流障碍,进而无法顺利融入芝加哥的城市生活;而像别格这样的黑人移民,他们的境遇并没有因为通晓英语而变得容易,因为对其而言,白人所使用的英语仍旧是"另一种语言",这是因为白人的语言对他们来讲是另一套话语体系,所反映的是白人与黑人在认知和思想层面上的差异。并且,这一差异随着别格暴力反抗激烈程度的加剧在逐渐加大。别格从刚开始接触白人道尔顿一家不懂他们所使用的奇怪字眼,到后来他逐渐怀疑自己是否能够与人沟通:"不过他知道,每逢他想要把他的感情用语言表达出来,他的舌头就动不了。……他总是若有所思地琢磨,他跟别人到底有没有一种共同的语言,可以在别人心头燃起在他内心闷烧着的同样火焰。"(406)最终,别格在面临审判前完全处于了失声的状态:"他想要开口回答,但说不出话。即使他有说话的能力,他也不知道说什么好。"(456)相比之下,别格的失声与检察官和辩护律师的滔滔不绝形成了鲜明的对比。

  因此,不同的话语体系使黑人与白人双方无法交流沟通,随之而来的是双方无法相互理解认同,在此基础上由白人所提出的信任感,其实是白人中心主义下的偏见与霸权。如果从这一角度来考察道尔顿先生和太太对黑人的捐款和善举,不难发觉其盲目性,就如同道尔顿太太失明的双目一般。道尔顿先生是芝加哥首屈一指的地产大亨,他直接或间接掌控着芝加哥诸多物业,甚至别格一家所租住的小公寓也受其控制。但是，道尔顿先生只是从商人的利益出发，强调市场竞争对房租价格的影响，从未深入思考造成黑人地带房屋破旧但租金高企的深刻社会、经济、政治原因。尽管他向黑人学校捐款，向社区捐赠乒乓球桌，向别格提供工作，但是这些并未真正触及城市中黑人生活困境的根本。从别格的视角来看，道尔顿夫妇所代表的白人世界是城市中一股巨大而又无形的压力：

> 在别格和他的民族看来，白人不仅仅是人，而且是一种很大的自然力量，就像暴风雨前在头顶上出现的乌云，或者像黑暗中突然伸展到你脚旁的又深又汹涌的河流。只要他和他的黑人民族不越过某些界限，就不必害怕这个白色力量。但不管他们害怕不害怕，却天天跟它一起过日子，即使嘴里不说它的名字，大家也都承认它的存在。只要他们住在城里这个被指定的角落里，他们就得默默地向它致敬。（128）

虽然道尔顿一家中的玛丽小姐对待黑人也同样十分友善，但与父母在意识形态上有着相当大的反差。她接受共产主义，并热切地希望别格也能接受，同时她拥有主动了解黑人、走进黑人生活的强烈愿望："'……我们彼此是那么**不**了解。我光是想**看看**。我想要**了解**这些人。我这一辈子从来没到一个黑人家里去过。然而他们**准是**像我们一样生活。他们也是人……他们有一千两百万人口……他们生活在我们国家里……跟我们住在同一个城市里……'"（79）但是，玛丽这种理想化的热切期盼与率直举动,在别格看来更加无法理解,因为她与其过往所接触过的白人女性差别过大:"她有钱,可是瞧她的举止一点不像有钱的样子。……他见过的所有那些白种女人,多半是在工作中或者在救济署里遇见的,她们总是显出某种程度的冷淡和保留;她们保持着距离,仿佛是从远处跟他讲话。可是这个姑娘横冲直撞地进来,用她的言谈举止朝他劈脸打来。"(68)就如同听不懂道尔顿夫妇所说的信任感一样,别格同样与玛丽之间存在语言障碍,当玛丽说与他站在一边,意指因为共产主义而与他这样的无产者拥有一样的立场时,别格只能是困惑不解:"嘿,**这话**什么意思?她站在**他**一边?他又站在哪一边呢?她的意思是不是说她喜欢黑人民族?嗯,他早已听说她全家都喜欢黑人民族。她难道真的疯了?"(73)别格隐约之中能够感受到玛丽的善意及对他的尊重,但始终无法理解玛丽的说法和做法。别格在狱中向代理律师麦克斯提及了他对于玛丽的看法:"麦克斯先生,我们说不到一起。你说好的东西其实一点不好。我对那个女人一点不了解。我只知道他们为了像她那样的女人杀死我们。我们生活在两个世界。"(391)别格始终拘泥于黑人和白人两个世界的二分与对立之中,加之对于陌生的共产主义的警惕与误解,所以在他看来玛丽与道尔顿夫妇和其他白人没有根本性的区别,甚至因为玛丽想主动接近黑人世界的愿望与行动而感受到更强烈的压迫感,并随之对玛丽产生了憎恨:"在那一刻,他对玛丽和简怀着一种无声的、冷酷的、说不出的仇恨。"(77)所以,当别格回忆起自己的两次杀人时,竟是嘲讽般地用玛丽善意的示好为其杀人的行为正名:"……他们把他扔到了城市的一个角落里让他去死亡、

第二章 谁的芝加哥

腐烂,居然还能转过身来对他说,就像那天晚上玛丽在汽车里对他说的那样:'我很想知道你的人民是怎样生活的。'"(270)可见,尽管玛丽试图破除白人世界与黑人地带之间的隔阂的愿望与初衷是良好的,但是其过于直接的方式与缺乏沟通的基础让她的尝试成为一种错误与负担。

别格作为"被殖民者"生活在半殖民主义所统治的割裂的芝加哥,他的生活日常与精神状态始终处于一种深刻的隔阂与撕裂之中。

> ……而在他整个一辈子中,由于他的这身黑皮肤,这两个世界——思想和感情,意志和精神,愿望和满足——从未联系在一起过,他从未有过一种整体感。……他在一个畸形的环境里生活已成习惯,只有骂他或者踢他才能使他挺直腰板,采取行动——一种徒然的行动,因为整个世界跟他格格不入。于是他闭起眼睛,盲目地打出去,能打着什么就打什么,既不看看也不在乎有什么东西或什么人回击他。(270)

在这样的城市中,处于殖民者统治地位的道尔顿一家因其无法摆脱的白人中心主义,尽管处处对黑人释出善意,也难免是盲目的徒劳。别格身边的其他黑人在面对巨大白人世界的压迫与剥削之时,选择了无声的忍受,因而别格称他们眼睛瞎了。"在种族空间表征中生活的黑人们,有的内化了种族空间表征,其空间实践严格服从空间表征,而另一些人意识到种族空间秩序的虚构性和社会构建性,因而以各种方式、不同策略对其质疑和挑战,以期再生产新的社会关系。"① 别格的母亲、兄妹与伙伴大多数都内化了种族空间表征,对白人的世界选择服从,而别格能够意识到其他黑人这种选择忍受的方式不正确,他希望给予反抗。可悲的是,他最终能够做的也只是闭起自己的眼睛打出去,他反抗的方式也是盲目的。

别格这种盲目的反抗方式首先体现为他对自己的生活时刻处于一种失控的边缘。"他憎恨这个家,因为他知道她们在受苦,而他自己却无力帮助她们。他知道一旦让自己充分体会她们在如何生活,以及她们的生活有多么可耻和悲惨,他就会恐惧和绝望得失去自持。……他知道,一旦让自己充分意识到他所过的是什么样的生活,他就会要么自杀,要么杀人。"(11)别格一直觉得仿佛有什么可怕的事情要发生,有一股控制不住的冲动在身体里,他感觉白人在他的肚子里,其实是有一股怒火在胸中。"'就在那时候,我仿佛觉得有什么可怕的事要在我身上发生……'别格停顿一下,眯着眼睛,'不,好像不是有什么事要在我身上发生。像是……像是我要干出什么不由自主的事来……'"(24)

别格的这种在失控边缘反复徘徊的挣扎源自他内心中两个自我的矛盾冲突,一个是他内心渴望实现自我价值的自我,另一个是由白人世界所规训出的自我。小说中,在别格对玛丽的谋杀还未被发现之前,出现了别格同时发现这两个自我的一个瞬间:

---

① 李美芹,《论〈土生子〉的空间政治书写》,《外国文学》,2018年5月第3期,136页。

第二章　谁的芝加哥

他把自己的黑指头搁在白桌子的边上，一阵无声的笑从他张开着的唇间爆发出来，因为在一刹那间，他从非常客观的角度看到了他自己：他杀死了一个有钱的白人姑娘，割掉了她的脑袋后又烧掉了她的尸体，撒着谎把罪责推到别人身上，写了一封绑架信索取一万元赎金，却站在这儿不敢碰一下桌上的食物，这食物无疑是给他吃的。(211)

别格这阵无声的笑，是在发觉那个不敢碰食物的自己的出现竟是如此自然之后，询问自己到底哪一个才是真实的别格：究竟是那个残忍杀害白人姑娘继而又敲诈勒索其父母的冷酷狡黠的凶犯别格，还是那个扮演着别人眼中被规训了的腼腆而小心翼翼的黑人孩子别格。这两个自我之间的冲突在深层的原因上正是由于白人世界与黑人地带之间的隔阂所造成的，因为黑人无法在这样一个充满隔阂与撕裂的城市中获得相应的机会来实现自我价值，只能被迫接受白人世界的规训。

别格的这两个自我在小说中的大部分时候是分开现身的，并且分别对应夜晚与白天。在夜晚出现的别格常常是那个内心渴望实现自我价值的自我，最为典型的表现是别格的两次杀人都发生在夜晚："他这一辈子里在他身上发生的两件最有意义的事情就是这两次杀人。他还活着，真实地、很有意义地活着，不管别的人用他们的瞎眼睛看他时可能怎么想。过去他从来不曾有过机会要在自己行动的后果下活下去，他的意志也从来不曾像这一天一夜里这么自由过——在恐惧、谋杀和逃跑中度过的这一天一夜。"(269) 此外，夜晚还能为别格带来一种权力感与掌控感，别格享受在夜晚的芝加哥马路上驾驶汽车的感觉:"开车时,他有一种很敏锐的权力感,一接触汽车就使他增添了力量。他喜欢脚踩着踏板前进,眼看着其他人站在那儿不动,瞅着柏油路在他的车底下展开。"(72)相比之下,在白天出现的别格更大程度上是那个接受了社会规训的自我,比如别格不情愿地答应母亲去道尔顿先生家干活,再如面对道尔顿先生时的窘迫与局促,这些都发生在白天。此外,白天的时候别格曾计划与伙伴一起抢劫白人布鲁姆的铺子,并将其视为"触犯最后的禁忌。……这将是对统治他们的白人世界的一次象征性挑战"(15)。但是,最终别格在强烈的恐惧之下,放弃了这个白天抢劫的计划,这与其在夜晚所发生的谋杀行为形成了鲜明的对比。

赖特对于黑人主人公这种于白天和黑夜拥有迥然不同的人物个性与行为模式的对比,在其短篇小说代表作《即将成人》("The Man Who Was Almost a Man",1961)中也有所运用。这篇短篇小说的主人公戴夫是个即将 17 岁的孩子,他所有充满幻想色彩的冒险行为都发生在夜晚,比如买枪、正确地使用这把枪、跳上火车逃离等;而白天对他而言只是现实中的失败和羞辱,比如开枪失手打死骡子、遭到父母和白人农场主的公开训斥等。在小说《土生子》中,赖特也是将黑夜与白天设置为一种想象与现实的对比:"雪已经不下了,整个城市又白又静,只见一望无际的屋顶和天空。这之前,他在这儿黑暗中想着这个城市已有好几个小时,现在它就耸立在那儿,静悄悄的,雪白一片。但他过去想着它时赋予它的现实色彩,这儿在白天反倒不存在了。"(271)对于别格而言,在黑夜的幻想中城市才具有一种"现实色彩",并且他所谓的这种现实色彩其

第二章 谁的芝加哥

实是他心中所渴望实现的自我价值,但当白天又变为寒冷的白色世界时,他心中的这些渴望并不能实现。

在白天冰冷的白色世界中,别格作为一个在逃的杀人嫌犯,所能做的只有四处躲藏。"他摇摇摆摆地穿行于街道上,两只布满血丝的眼睛寻找一个藏身的地方。他在一个角落里停留下来,看一只肥大的黑老鼠在雪上跳跃。它飞也似的蹿过他身边,蹿进一个门道,钻进一个洞,消失不见了。"(278)别格碰巧看见的这只在白色雪地上逃窜的大黑老鼠恰可以视为其化身。小说开头,别格曾打死一只在房间中乱窜的老鼠,这一幕颇具象征意义。当白人警察在芝加哥南区逐渐缩小范围对别格进行搜捕之时,别格就仿佛是一只在逼仄房间中到处乱窜的老鼠。而在更广泛的意义上,别格就仿佛是受困于芝加哥这个无形的房间中的一只受惊的老鼠,他的心中常常憋着一股怒火,想要四处横冲直撞,就如同老鼠被逼急的时候咬人一样,他最终也只有诉诸暴力来进行反抗。

在这一类比之下,别格在芝加哥的城市经历就仿佛是生活于洞穴之中,"排他性地理空间意识生产的'洞穴体验'以具体的和抽象的方式在别格身上延续"[①]。考察别格在芝加哥城市中的栖身之所,不难发现均与洞穴的意象相联系。别格一家四口蜗居于芝加哥南区一处破旧昏暗的小公寓之中。"南区的大多数宅子都这样:豪华、破旧、霉臭;过去是有钱白人的住宅,现在由黑人居住,要不然就敞着黑洞洞的窗户空在那

---

① 刘彬,《"土生子":空间意识形态的牺牲品》,《当代外语研究》,2014年第7期,63—64页。

里。"(207)虽然他在道尔顿家干活时所居住的房间比在自己的家里宽敞一些,但也是在暗无天日的地下室里。谋杀发生后,他试图躲藏进芝加哥南区那些空置的房屋:"他们在一座高大的、盖满积雪的建筑物前停下来,那幢楼有许多窗户,全都黑洞洞地张着大口,像是骷髅上面的眼眶。"(260)这些黑洞洞的窗户形成了与老鼠洞相似的意象,别格藏身其中就恰似栖身于洞穴之中。"在外面的寒夜里,风呻吟着,逐渐消逝,很像待在寒冷彻骨的漆黑洞穴里的一个傻子。"(266)

在这个意义上,别格与柏拉图"洞穴之喻"中那些生活于洞穴之中的囚徒相契合。别格下定决心去道尔顿先生家干活是由于他看了一场电影,电影中的白人世界充满了神秘感与吸引力。但是,就如同洞穴中囚徒在墙上火光中所看到的影子一样,电影中的白人世界是别格隔着荧幕所观看到的,与真实的白人世界绝不相同。走进现实的白人世界,别格很快感受到:"这是个冷漠、疏远的世界,一个紧紧地包藏着白人秘密的世界。在这些街道和宅子里,他能感觉到一种骄气,一种安定,一种自信。……在电影院里的所有那些感觉已一扫而光,现在只剩下恐惧和空虚。"(49)走进了白人世界的别格,就仿佛是走出了洞穴的囚徒,看到了真实,也更加切身体会到恐惧和陌生。但是,别格又与认识了真实世界的囚徒不同,他没有面对这种真实的勇气与能力。"他的思想和注意力都指向、集中于一个目标。他这辈子第一次自觉地在目标非常明确的两极之间移动:他要远离死刑的威胁,远离使他胸中抽筋、发热的那个生不如死的年代;他要追求他在杂志和电影里时常看到却又有点误解的那种幸福感。"(169)他选择依赖荧幕上电影中的那种虚幻的幸福感,希望逃避冷酷的现实。所以,尽管别格在杀人之后顿悟了自己生命的自由意义,"一想到采取各种行动的道路都向他敞开着,他就觉得自己是自由的,他的生命是属于他自己的,他的未来是掌握在他自己手里的"(215),但可悲的是,他的这种自由和掌控是虚幻的影子。换言之,别格最终无法通过非理性的暴力真正实现对自己命运的掌控,也无法实现对巨大的白人世界的反抗。他在杀死玛丽后的第一感觉才真正反映出他所面对的真实的残酷世界:"房间里的现实从他眼里消失,出现在他眼前的是外面巨大的白人城市。"(100)芝加哥这座城市是属于白人的,真正控制这座城市的是白人。虽然别格是这座城市的"土生子",但是并不是城市真正的主人,也并不真正属于这座城市。

《院长的十二月》:种族问题还是城市问题①

《院长的十二月》是索尔·贝娄于1982年发表的长篇小说。这部在贝娄1976年获得诺贝尔文学奖后时隔6年出版的小说备受关注,但问世伊始没有得到批评界太多的赞许。许多批评家认为相较于贝娄之前的作品,这部小说不尽如人意,甚至因其中"弥漫于芝加哥和布加勒斯特两地的阴郁"② 而显得

---

① 此部分与《院长的十二月》相关的内容参见笔者发表于《复旦外国语言文学论丛》2018年秋季刊100—106页上的期刊文章《〈院长的十二月〉中的媒体奇观与都市问题》,略有改动和增补。
② Bloom, Harold. "Introduction". Harold Bloom ed. *Saul Bellow*. New York: Chelsea House Publishers, 1986. 1 - 7. 5.

乏味，"贝娄那几乎不见踪影的喜剧天赋也无法补偿其沉闷"①。更有评论家将其视为贝娄步入晚年创作激情衰退的转折点，"一部奇怪而苍白的暮年之作"②。

然而，从城市书写的角度探究这部小说的创作主题与创作背景，《院长的十二月》在很大程度上直接呈现了贝娄对于大都市顽疾的洞见。贝娄深为20世纪70年代末芝加哥旧城的颓败和城市中愈演愈烈的暴力犯罪问题所触动，遂计划写一部关于芝加哥的非小说作品，关于"他所深爱之城的转变，作为一部新闻报道式的作品，《耶路撒冷去来》③的国内版"④。他为这部"芝加哥之书"搜集了大量素材：当时芝加哥城市住房报告、肉类屠宰业的报告以及黑人犯罪案件⑤。然而，最终这部非小说作品并未问世，贝娄在1978年12月前往罗马尼亚探望病危的岳母，这为他提供了新的写作素材。于是"'芝加哥之书'也变成了'罗马尼亚之书'"⑥，《院长的十二月》这部自传性质颇强的小说问世了。贝娄在小说中把主人公院长科尔德作为代言人，借助他那几篇反映芝加哥城市问题的文章来呈现自己原先的"芝加哥之书"。可以说，这部小说较为直接地反映了贝娄对芝加哥、对当代城市问题的深入思考。"城

---

① Bloom, Harold. "Introduction". Harold Bloom ed. *Saul Bellow*. New York: Chelsea House Publishers, 1986. 1–7. 1.
② Atlas, James. *Bellow: A Biography*. London: Faber and Faber Ltd., 2000. 501.
③ 指索尔·贝娄于1976年出版的非小说作品 *To Jerusalem and Back: A Personal Account*。
④ Ibid., 473.
⑤ 小说中的两起谋杀案均取材于1970年代末发生在芝加哥的真实案件。
⑥ Atlas, James. *Bellow: A Biography*. London: Faber and Faber Ltd., 2000. 484.

市"是贝娄小说中一以贯之场景。除了《雨王汉德森》(*Henderson the Rain King*, 1959), 贝娄其余的长篇小说均以城市为背景, 并且或多或少地在探讨城市问题。可以说, 绝大多数贝娄的作品都是城市小说, 而其中反映芝加哥城市问题的小说十分突出。《院长的十二月》明显继承了贝娄对于芝加哥的关切, 并更进一步借助院长科尔德发表于媒体上的文章直面芝加哥的都市问题。富克斯(Daniel Fuchs)坦言《院长的十二月》"在表现都市场景上, 贝娄像以往一样出色"[1]。

贝娄在小说中对于故乡芝加哥的再现主要集中于院长科尔德发表于《哈珀氏》杂志上的文章。这些文章集中讨论了院长对于芝加哥城市问题的思考, 出乎意料地为他引来了巨大的争议。即便是置身于千里之外的布加勒斯特, 他也不得不承认那些文章"引起了很多的麻烦, 直到现在麻烦还没完没了"[2]。这一系列麻烦究其根源在于院长文章中所选话题的敏感性——院长的文章聚焦于城市中的底层黑人, 将其视为都市灾难下"一群注定毁灭注定灭亡的人"(230)。显而易见, 这一论述把院长推上了种族主义的风口浪尖, 同时也让他不知不觉中卷入了一场"媒体奇观"之中。

"媒体奇观"一词由美国文化研究学者凯尔纳(Douglas Kellner)提出, 用来指称"那些能体现当代社会基本价值观、引导个人适应现代生活方式、并将当代社会中的冲突和解决方

---

[1] Fuchs, Daniel. *Saul Bellow: Vision and Revision*. Durham, N.C.: Duke University Press, 1984. 306.
[2] 索尔·贝娄,《院长的十二月》, 陈永国、赵英男译, 宋兆霖主编,《索尔·贝娄全集: 第七卷》, 石家庄: 河北教育出版社, 2002。22 页。以下原文引用均出自同一版本, 在正文中只标记页码。

式戏剧化的媒体文化现象，它包括媒体制造的各种豪华场面、体育比赛、政治事件"①。事实上，凯尔纳是将德波（Guy Debord）的"景观社会"这一概念用于解读媒体文化②。他认为"在追求媒体轰动效应的时代，传统意义上的新闻已经屈从于奇观逻辑，因而被'小报化'"③。如果以此来关照小说中院长的处境，不难发现，虽然他所卷入的这场有关种族问题的舆论风波并未如凯尔纳所举例的辛普森一案轰动全国，但一时间他还是成了城中媒体追逐的焦点，他的名字出现在电视和报纸上，他发表的文章在当地逐渐演变成一场不大不小的"政治事件"。

如果追溯院长选择这一文章主题的原因，其实他并不是对于社会底层黑人有偏见，而是他由衷地关切芝加哥的城市问题。面对"如何使芝加哥更活跃、更充满生机"这个话题时，他认为那些城市精英们的答案没有切中要害："有人说我们需要巴黎或威尼斯那样的室外咖啡座，还有人说我们应该有一些像圣弗朗西斯科的吉拉德利广场和波士顿的法努尔大厅一样的建筑。"（225）所以，院长才决定选择城市中的"恐怖"这一主题，"关于这个大地方的可怕的疯狂和死亡"（225）。可见，作为一个老芝加哥人，院长对这座城市里宏伟的摩天大楼、不

---

① 道格拉斯·凯尔纳，《媒体奇观——当代美国社会文化透视》，史安斌译，北京：清华大学出版社，2003。2页。
② 居伊·德波的"景观"和凯尔纳的"奇观"在英文中是同一个词 spectacle，只是凯尔纳的中文译者选用了"奇观"一词，希望以此更好地体现凯尔纳的本义，同时他认为经过三十多年的发展，居伊·德波之前所预言的"景观"已经变成"一个个令人瞠目结舌的'奇观'"。参见凯尔纳《媒体奇观》中文译本"译者的话"，第ⅩⅥ页。
③ 道格拉斯·凯尔纳，《媒体奇观——当代美国社会文化透视》，史安斌译，北京：清华大学出版社，2003。2页。

朽的银行业、新潮的电子科技、厚重的城市历史心知肚明，但他所真正关切的是"芝加哥的枯萎病"（184）。只是院长在考察大城市的这种枯萎病之时发觉症结所在是旧城中心贫民区的社会底层黑人，因为他们之中弥漫着"疯狂和死亡"。作为拥有美国第二大黑人人口的城市，1970年代末的芝加哥黑人人口持续增加，黑人社区不断扩张，"种族冲突萦绕于城市之中……有人觉得芝加哥会步底特律的后尘，城市核心是压倒性的黑人社区，外围郊区是防御性的白人社区。种族暴力一直都威胁着比兰迪克①的城市"②。于是，院长的这一论述一经发表，在对种族话题较为敏感的芝加哥大众舆论氛围中，其原本探讨城市问题的焦点变得模糊，种族问题则被放大。

此外，为这场媒体奇观火上浇油的是院长随后卷入的一场谋杀案：芝加哥一个夏季灼热的夜晚，学院白人学生瑞克·莱斯特被人推下，坠楼死亡。院长亲自前往确认其身份，随后深为震动，力推悬赏破案，24小时之内两名黑人嫌犯被捕。由于院长的极力推动，此案备受媒体关注。然而，院长遭到学院激进派学生的质疑，他们认为"学院正在进行一场反对黑人的秘密战争，院长正在阴谋策划这场战争的进行，利用学院的势力逮捕黑人"（43）。但事实上，通过这起谋杀案，真正让院长动容并担忧的是他所意识到的青年一代在城市中的命运与

---

① 比兰迪克（Michael Anthony Bilandic）于1976至1979年间任芝加哥第39任市长。
② Pacyga, Dominic A. *Chicago: A Biography*. Chicago: The University of Chicago Press, 2009. 361.

选择:"那是一个令人窒息的、仲夏炎热的、城市梦魇的、淫欲猥亵的、赤裸无望的时刻,死神气喘吁吁地跑到那个年轻人的背后,把他围住。"(52)院长在这起案件中看到的是年轻人在大都市的焦躁与混乱中迷失了。另一方面,这个案件中的受害者不单单是被谋杀的白人学生,两个黑人嫌犯"实际上也是社会的受害者"①。虽然最终院长科尔德赢得了官司,两名黑人嫌犯被判刑,但是他丝毫没有胜利感,因为他深知监狱对这两名黑人而言毫无益处,对改变城市的焦躁与混乱而言也毫无作用:"没人会改变,监狱臭名昭著,而且别无什么有意义的事,这是真的。进监狱,出狱,卢卡斯·埃布里和瑞基·汤因斯会一模一样。"(308)可以说,从院长的角度看,在这场谋杀案中无论是被谋杀的白人学生,还是两名黑人嫌犯,都没能逃脱"芝加哥的枯萎病",如他们那样的年轻人都在弥漫着"疯狂和死亡"的大都市中迷失了。

院长在讨论芝加哥城市问题的文章中提及了另一起谋杀案,而这个部分成为文章最受争议的内容。这起谋杀案中的嫌犯斯波福德·米歇尔是院长所述的芝加哥城市中底层黑人的典型代表:他持枪劫持了一名年轻妇女,随后多次强奸并杀害了她。院长深知这类案件在芝加哥并不罕见,但他敏锐地意识到"这宗案子中有一些特殊情况,对科尔德十分重要"(216)。正是院长对这一案件的报道让公众断定院长对黑人有偏见,因为院长对米歇尔暴行的基本判断是"他是准备送死……选择

---

① 乔国强,《索尔·贝娄笔下的'双城记'——试论索尔·贝娄的〈院长的十二月〉》,《当代外国文学》,2011年第3期,32页。

了这条快捷直接的路"（219）。与上文提到的院长所卷入的那起学生被杀的案件相同，院长在文章中看似在谈这起谋杀案，实则他真正关心的仍旧是芝加哥的城市问题，并且院长也并不是将城市中的混乱归咎于底层黑人。他认为"威胁我们的不只是城市内部的贫民区，更可怕的是人的内心，而内城可能只是其物质表现而已"（224）。正如在米歇尔一案中，谋杀犯是个城市底层黑人，这可能只是一种外在表现而已，真正可怕的是在城市中遭到荼毒的人的内心，那里弥漫着受诅咒的欲望、疯狂、犯罪和死亡。

由此，院长触及了他所谈论的城市问题的核心所在，尽管表面上看是极为敏感的城市底层黑人的生活现状问题与颇为棘手的内城犯罪与暴力问题，可透过这些表象，院长所洞察的城市问题的根源在于"灵魂问题"，它是"这个时代的真正的问题"（224）。可见，院长眼中与笔下的芝加哥城市问题与城市精英们所讨论的话题相去甚远。在芝加哥，不是不能谈论城市问题，而是如何谈。新闻媒体与广大读者所接受的是一种理论层面的学术探讨："你可以运用社会学的、杜克海姆或马克思的术语，你可以谈社会反常状态或流氓无产者，黑暗的下层阶级，也可以谈在经济上多余的农业人口，第三世界以及十九世纪鸦片对中国民众的影响。"（215）院长却从大都市混乱与疯狂的现实表象出发，深入城市问题的内核，他所洞察的城市问题的根源在于人的内心。他是在挑战大众惯有的阅读与思考习惯，这就难免会让大众读者产生误解。当这场媒体奇观愈演愈烈，院长所讨论的城市问题转变为种族问题，这一转变体现了媒体强有力的操控力："媒体运用自己的框架来为公众设置议程，展示社会矛盾，从而制造出一种公众参与政治的假象。"①实则在媒体渲染的过程中，社会矛盾并不会因此而得到缓和，相反种族偏见被不断强化和放大。

在这场媒体奇观中，还有一股更为嘈杂的质疑之声起到了推波助澜的作用。更为重要的是，这些声音在质疑院长笔下所述芝加哥城市问题可信与否的同时，巧妙地提供了另一种芝加哥的存在。也就是说，贝娄对于芝加哥城市意象的刻画不单从院长的角度展开，而是还有诸多其他芝加哥人的参与，并且这些人眼中的芝加哥与院长所看到的芝加哥截然不同。

贝娄在塑造这些嘈杂纷乱的质疑之声时，选取了几位院长身边的亲友作为代表，他们用不同的方式表达着自己对院长文章观点的不赞同和对院长本人的不满。在小说中最先出现的是院长的外甥梅森，他用一种公开而直接的方式表达自己对舅舅的反对。他积极组织学生们的抵抗运动，甚至直接冲进院长的办公室与其当面对质。尽管梅森出身于富裕的白人家庭，却恰巧与舅舅所悬赏缉捕的黑人嫌犯卢卡斯·埃布里是朋友，从而他认为自己和那些底层黑人兄弟才是都市现实中真实的人，因为"芝加哥的真实声音——时代的精神发自最低的音区，社会的最底层"（55）；相比之下，他的阿尔伯特舅舅呢？——他的生活中只有"奢华的高等教育——关于柏拉图和善的研讨会"（49）。由此，不属于也不了解底层黑人的舅舅所发表的文章中对于底层黑人的描述和论断也是不真实、不可信的。

---

① 道格拉斯·凯尔纳，《媒体奇观——当代美国社会文化透视》，史安斌译，北京：清华大学出版社，2003。110—111 页。

尽管梅森对院长的指责咄咄逼人,但这一反对的声音并没有给院长带来过多的精神负担,因为其中夹杂了长久以来诸多复杂的个人家庭情感,院长对于外甥总是怀有一份温情。

在反对的浪潮中真正让院长进退维谷的是学院教务长那种礼貌但疏离的态度。尽管他与院长在社会地位与同事关系上更为接近,但同梅森一样,他对科尔德也并不认同。只是相比于梅森的单刀直入,教务长的反对之声更为迂回而隐蔽。表面上,教务长是个"圆滑之人","……办事方式极端周密谨慎,极尽温和"(42—43)。可实际上,"他是芝加哥硬汉子"(43),或者从更广义上来说,他是"有史以来最敏锐的操纵者,也是一个非常强壮的人——完美的、现代的美国强人"(198)。作为教务长,他的职责之一是用手中的权力守卫规则,一旦有麻烦出现,他需要立即善后。院长的悬赏追凶只是一方面,真正让他恼火的是院长的那些文章未经学院许可就发表了,而且引来了后续一系列的学生抗议、社会关注和媒体负面报道。所以,在教务长眼中,院长科尔德是个麻烦:教务长"通过他的完美的手段传递给他一个信息:他是一个蠢不可及的大傻瓜"(200)。如教务长这样的芝加哥人的逻辑十分简单:如果你不遵守芝加哥的规则,你就不属于我们这个圈子。依照芝加哥的规则,科尔德应该同教务长保持同一立场,因为"他主要的社会角色还是院长,作为社会管理者之一,其职责就是维护社会稳定"①。可是,科尔德似乎对于自身身份的认

---

① 车凤成,《索尔·贝娄作品的伦理道德世界》,北京:中国社会科学出版社,2010。156页。

知有所不同，他从一名记者变成一名院长的初衷并不是成为一名社会管理者，而是重新寻求一种书斋生活。这种身份认知的错位让院长科尔德不断跳脱社会管理者维护社会稳定的职责，不断破坏与其他社会管理者保持同一立场的芝加哥城市规则。

在某种程度上，梅森和教务长对于科尔德的反对并不是面向公众的，更多是限定于私人的交际圈内。除他们之外，另有两个人物——表兄麦克西和好友杜威·斯潘格勒在大众媒体面前对院长发起了攻击。少年时，科尔德和他们两人曾是挚友，因为彼时他们都有着"浓厚的文学兴趣"（83）。但是，现在麦克西和斯潘格勒都以某种积极的姿态加入了针对院长科尔德的媒体奇观之中。

表兄麦克西是这场媒体奇观得以发酵的主要推手。他的律师事业不顺遂，需要一个事业上的机遇，并且因为家庭纠纷与科尔德反目成仇，于是在梅森的撺掇下接管了院长所卷入的那起谋杀案，担任黑人嫌犯埃布里的辩护律师。麦克西随后立即采取了一系列举动，召开记者招待会，接受采访，声称要传唤院长。这一系列行动的效果非常明显：他出现在电视上，当地报纸炒作相关事件，酒吧里的鸡尾酒女招待会认出他。

小说中贝娄并未让院长与麦克西直接碰面，而是巧妙地在院长与他人的多次对话中不断提到麦克西的近况，由此侧面烘托出麦克西在媒体上的热度。同时，贝娄也并未详细叙述麦克西是如何在媒体面前拿院长的种族主义做文章。可见，这一人物的重点在于媒体炒作本身，而非炒作的内容。其实，从一开始贝娄就让院长科尔德对于麦克西有着清晰的认识：科尔德明白麦克西最出色的并不是他的法学才华,而是"热衷于出风头,这下他可成了绝妙新闻题材了"(75)。随着案件的推进,院长更是断言"输或赢都注定会使他名声大振。芝加哥仍然是更适合于他的舞台"(308)。

可见,麦克西这类人物在如芝加哥这样的大城市中更为如鱼得水。他们与媒体之间有着某种相互利用的默契,媒体需要这样的人物制造新闻话题与舆论热点,而这类人物的真实目的在于借助媒体自我炒作,名利双收。同时,媒体与大都市有着一种天然的密切联系,"城市中的媒介集中程度可视为城乡之间的差别之一"①。一方面,媒介发展所需要的复杂而多元的技术只有大都市能够提供,城市居民还具有一定的阅读水平和消费能力,能够成为稳定而庞大的媒介受众;另一方面,"城市也是国事活动、社会新闻、体育赛事等媒介内容的集中生产地,能够不断地出产新闻素材"②。所以说,如麦克西这类能够迎合媒体的精明人显然更适合如芝加哥这样的大都市。

科尔德少年时的另一好友斯潘格勒也在这场媒体奇观中发挥着重要作用,他后来所发表的剖析院长的文章将这场媒体奇观推向了高潮。斯潘格勒的文章既是对两人布加勒斯特会面的重构,也是对院长《哈珀氏》文章的回应。这篇文章的题目是《双城记》,一方面可以理解为芝加哥和布加勒斯特两座城市,另一方面也可以说是院长所述芝加哥与斯潘格勒所代表的其他人眼中的芝加哥,是对城市的不同看法。斯潘格勒在其文

---

① 方玲玲,《媒介空间论——媒介的空间想象力与城市景观》,北京:中国传媒大学出版社,2011。26页。
② 同上。

章一开头就悄然偷换概念，把讨论的核心从评论院长科尔德所写的文章转移至评论院长这个人。他对院长的性情做了一番概述，关键词在于"脆弱"（331），这是院长性格上的弱点。随后，他将此归结为院长放弃新闻业转而投身学界且被当下芝加哥的现状震惊的原因。

除了抓住院长的性格弱点之外，斯潘格勒进一步质疑院长作为一名记者的专业性。他论断科尔德是"一个敏感的、感情丰富的私人观察者。受过良好训练的都市学专家们认为他描写的芝加哥文章情感过于丰富"（331）。显然，斯潘格勒是拿着新闻报道必须客观公正这条铁律来否定院长作为一名新闻人的客观专业性，其目的无非是将院长塑造成"一个不知情的局外人"（332）。在这一点上他与梅森、教务长等人无异，但其实他对院长的攻击更为凶狠。因为他以院长对于新闻业现状的不满为由头，进一步指明院长"对新闻业，对大众传媒非常严厉……他还指责那些大学。大学教师们没有尽力去导引公众……他对高等院校就更加抱怨了"（333）。不难看出，斯潘格勒是借助回应院长芝加哥文章的机会，在媒体上造势，强化院长与新闻界和学界的对立，煽动各方情绪，试图将院长彻底排挤出芝加哥的文化圈。而斯潘格勒的这一隐秘目的最终实现了，围绕院长的这场媒体奇观以院长的辞职收场。

贝娄有意在科尔德周围设置了这样一群视院长为"局外人"的芝加哥人作为对比，院长与他们之间的冲突推动着这场媒体奇观不断发酵，在小说中形成了一条暗线。梅森以一种与底层黑人为伍的叛逆姿态直接而公开地向院长喊话，认为高高在上的学院院长并不真正了解芝加哥的底层黑人。教务长站在一名精明强悍的城市管理者的立场上悄无声息地传达着芝加哥的规则,对院长这样的规则破坏者和麻烦制造者排斥而厌恶。精明的律师麦克西深谙在芝加哥这样的大都市中如何巧妙地利用媒体舆论攫取名利,资深专栏作家斯潘格勒更是善于拿捏新闻素材,操纵读者感情以达成个人目的,而院长不幸成为他们所能利用的新闻热点。

在小说中,由讨论芝加哥城市问题的文章所引发的这场媒体奇观是主人公院长科尔德始料未及的;可这从另一方面推动科尔德重新思考自己当初写这些文章的动机所在。特别是在小说的后半部分,院长逐渐袒露了自己写这些文章的多层原因。科尔德坦陈最初的写作冲动"像永不衰竭的青春期,每隔几年就重新开始一次"(306)。正是在这种不可遏制的冲动之下,人到中年重新回到芝加哥的院长,即使已经沉默了数年,还是义无反顾地发声了。院长对自己文章的定位与最终读者的反应相去甚远。在院长看来,"一开始,我并不想惹人恼火。开始时我极为天真。我采用了一种轻松的语调。我甚至认为那会很有趣",并且他还天真地认为"读者会为此心存感激"(306)。结果却恰恰相反,这些文章惹恼了大部分芝加哥人,这个城市的居民一向骄傲地认为这里是世界上最伟大的城市之一,而院长笔下的芝加哥像是一种末日般的灾难。院长在反思时不得不澄清这其中的误解,他的文章中"没有关于城市的死亡或文明的陷落的布道"(306)。由此可见,尽管院长所描述的是弥漫着疯狂与死亡的芝加哥,但他的真实目的并不是断言这座大都市的死亡或衰落,或者至少探究芝加哥的命运并不是全部的真实意图。在院长讨论城市问题的表象之下,还隐藏着更为深刻的写作动机,而他的这部分深意并未引起公众的关注。

院长科尔德真正想批判的是美国社会中的弱点,是当代都市中所呈现的一种"一流的作秀功夫"(306),这一问题在大都市的新闻业中尤为突出。院长认为,目前芝加哥城市中的新闻只能称得上是一种"'现代公共意识',其中没有真实的经验,一点都没有"(122)。在这种状况之下,新闻记者的职责便只剩下张口讲话,制造热点,精明的记者会避免表达个人体验或立场,这成为一种较为普遍的态度。在赖特的《土生子》中同样存在着这样一群新闻记者,他们在得知道尔顿小姐失踪的新闻后,蜂拥而至,在道尔顿家打探到蛛丝马迹之后,便试图制造舆论热点。他们新闻报道的重点在于反复套用黑人与白人世界的对立来引起公众更多的关注,他们并不真正关注事件的真相与其背后的原因。这样的新闻记者在40年后的芝加哥也是同样,在《院长的十二月》中,在院长科尔德看来,斯潘格勒就是其中典型而成功的代表,他是这场作秀功夫的积极参与者与贡献者。另一方面,更让人沮丧的是,读者们对这种态度也习以为常,甚至对于精明记者的作秀故事颇为买账。

贝娄借院长科尔德之口所指出的大都市中新闻业的"作秀功夫"与城市历史研究学者芒福德的发现十分类似。芒福德用"幻影世界"①来描述现代城市,并指出"在大都市这个世界里,血和肉还不如纸、墨水和赛璐玢真实"②。由此可见,

---

① 刘易斯·芒福德,《城市发展史——起源、演变和前景》,宋俊岭、倪文彦译,北京:中国建筑工业出版社,2004。559页。
② 同上,560页。

当代大都市中真正重要的不再是个体的血肉经验，而是经由新闻媒体用纸和笔所高度概括的"真实"。这所谓的真实在幻影世界的关照下，无非是一些"壮观场面"①，或者说是媒体奇观，而非城市人的真实生命体验。

院长深感这种现象虚假而诡异，因此决定在自己的文章中采用一种全新的写作风格，他要"发掘掩埋在错误描写和非经验的废墟之下的世界"（269）。院长决定摒弃那些简单而现成的结论性内容与文字，试图以个人经验的视角重新描述这个世界。他的意图是让自己所写文章具备一种并不完全置身事外的公正性，这种独特的风格在院长看来应该将自己的个人经验与无私的公正判断相结合，以此来书写真实的经验。这是院长对于当下新闻报道中惯常做法的一种挑战，他由此所发表的文章也可以看作是对虚假的新闻业的反拨。但是，这种全新的理念对于新闻行业所倡导的中立客观性无疑是一种挑战，更是对整个新闻业与广大读者习惯的挑战。

然而，新闻业中这种虚假与真实经验的距离只是幻影世界最表面的问题，大都市的这种幻影状态对居住其中的都市人更为深远的影响是一种态度上的转变："原则上它所要求的态度是被动的接受，实际上它已通过表象的垄断，通过无需应答的炫示实现了。"② 也就是说，在大众传媒高度发达的大都市之中，人们对于生活的主动参与和思考被那些被动地接受大量信息的习惯取代。当小说主人公院长科尔德意识到这种被动参与

---

① 刘易斯·芒福德，《城市发展史——起源、演变和前景》，宋俊岭、倪文彦译，北京：中国建筑工业出版社，2004。560 页。
② 居伊·德波，《景观社会》，王昭凤译，南京：南京大学出版社，2007。5 页。

模式对都市人的荼毒时，便试图寻找一种新的新闻话语，寻找一种新的主动参与的模式。但是，此时公众反倒质疑起他的身份与动机，因为"这一世界之影像的专门化，发展成一个自主自足的影像世界，在这里，骗人者也被欺骗和蒙蔽"①。可见，在都市媒体的影像中，骗人者与受骗者因被动接受而变得统一。一旦有人识破这一骗局，希望以主动的姿态重塑经验与事实，反而被视为局外人。更为重要的是，表面上多元庞杂的大都市一旦形成"自主自足的影像世界"便丧失了对话性，变得专制而封闭。前文所述公众对于院长科尔德所述芝加哥城市意象之真伪的拷问，实则是大众被动接受的城市意象与院长依赖个人经验主动重塑的城市意象之间的交锋。交锋的结果显而易见，院长科尔德无法继续于芝加哥城市中立足。

但是，小说主人公科尔德的失败并不能印证贝娄对于大都市持全然悲观的态度。事实上，在这部小说中贝娄展现出对城市的一种复杂态度："在这里，人类茁壮成长，又受苦受难……'该隐的城市在谋杀中建成'。"（315）"该隐的城市"这一隐喻在文化根基上形成了对城市的一种双重印记，"这个迷失与潜在救赎，应有之惩罚与延迟之拯救的双重印记"②。院长科尔德在他的文章中讨论芝加哥的城市问题时，很明显地触及了都市人尤其是青年人内心的迷失这一议题。但是，院长的文章并未给出任何结论，也并未探讨如何解决这一问题。这

---

① 居伊·德波，《景观社会》，王昭凤译，南京：南京大学出版社，2007。3 页。
② Sharpe, William Chapman. *Unreal Cities: Urban Figuration in Wordsworth, Baudelaire, Whitman, Eliot, and Williams*. Baltimore and London: The Johns Hopkins University Press, 1990. 1.

引起了不少读者的不满，他们认为院长讨论问题的态度显得不够负责任。可如上文所述，院长科尔德的深层写作动机在于批判大都市中的作秀功夫，这是一种更深层次上的迷失，都市人于被动接受中集体迷失于幻影世界之中。从这个层面上来看，贝娄是让院长发表文章本身成为一种潜在的救赎行为，而救赎的途径在于用一种真实的经验来对抗虚假的幻影。

　　这种真实的经验于贝娄而言来源于诗歌与情感的力量。在《院长的十二月》中主人公科尔德被塑造成诗歌与哲学的信仰者，他在自己的文章中写道，"也许只有诗歌有力量'与麻醉剂的吸引力、电视的磁力、性兴奋及破坏的狂喜相抗衡'"（209）。这种对于诗歌和情感的偏爱是贝娄小说主人公身上一种常见的特质。例如，在《洪堡的礼物》中，主人公查理·西特林坚定地呼吁拯救大都市的途径在于重建艺术与诗歌的力量。[①] 同院长科尔德失败的尝试一样，西特林也在芝加哥陷于内外交困之中。这种一事无成的结局并不影响这类典型的贝娄式主人公成为对抗当代大都市问题的斗士，虽然势单力薄的抗争并不能改变什么，但这种抗争之举本身恰恰是大多数当代都市人所缺乏的主动性，由此才显得贝娄式的城市斗士勇敢而坚定。

　　在小说《土生子》中，黑人青年别格的芝加哥经历所折射出的是城市陷于分裂与隔阂之中的种族问题。在《院长的十二月》中，虽然主人公院长科尔德在小说大部分篇幅中身

[①] 参见本书第148页。

处布加勒斯特,但其关于芝加哥城市问题的文章及由此所引发的媒体奇观是小说的重要议题之一。院长科尔德的洞见仿佛穿越了几十年的城市发展时光,他所关照的城市中的黑人暴力犯罪案件及与之相关的城市问题在抽象的时空意义上,就是别格所经历的一切。由此,赖特与贝娄两位作家跨越时间长河,就芝加哥城市发展在 20 世纪所面临的无法逃避、根深蒂固的顽疾,形成了一场有趣的对话。

第三章
受困的芝加哥

20世纪二三十年代的芝加哥已经是当时首屈一指的大都市了。虽然经历了第一次世界大战之后短暂的经济困难,但芝加哥的城市发展在20世纪20年代逐渐迎来复苏,出现了史无前例的繁荣发展。湖岸一线的改造为此时期最为瞩目的工程。汽车与公共交通的兴起拉近了市中心与郊区的距离,促进了芝加哥郊区的发展,同时使城市居民的出行变得更加便捷,因此对休闲娱乐产业产生了深远影响;但同时也带来了城市发展中的新问题,即交通拥堵,为此城市规划建造了更多更宽敞的景观大道。另一方面,芝加哥作为"黑帮"城市的名声也在20世纪20年代逐渐兴起。城市犯罪率不断攀升,帮派犯罪与政党政治纠缠不清,开车射击一类恶性事件时有发生,这些都让芝加哥的城市名字与黑帮和犯罪紧密联系在一起。

随后,芝加哥在第二次世界大战结束后进入了飞速发展的时期,实现了经济和城市发展的全面复兴,但同时也危机重重。总体而言,郊区的发展速度迅猛,而中心城区则积重难返,发展迟滞。城市政府所面临的巨大问题是如何用更少的税收来解决城区中更多低收入人群的住房和教育问题。面对城市发展中所遇到的重重阻力与现实问题,芝加哥学界与批评界普遍较为悲观,时常传出"城市已死"的论调,但实际上芝加哥的城市发展从未停止。芝加哥历史上较有影响的市长之一老戴利市长就城市发展过程中所出现的问题,在五六十年代提出了振兴市中心的发展计划,即城市财政不断加大投入,兴建了不少民生改建计划,海德公园一带和城市南部芝加哥大学区域的城市改造力度最大。就城市经济发展而言,传统的屠宰业和食品加工业在战后逐渐衰落,取而代之的是两大新兴产业:钢铁业与核能利用。此外,沿湖一线的摩天大楼建造也是这一时期城市大发展的标志之一。

在政商界聚焦于芝加哥城市发展在 20 世纪所取得的巨大成就之时,关注芝加哥的作家心中却一直为城市的命运担忧,文学家们敏锐地觉察到城市中的许多问题逐渐成为长期困扰城市和城市人的隐忧。索尔·贝娄就是一位持续关注芝加哥城市问题、不断书写芝加哥城市经历的作家,他的许多小说人物都有着深刻的芝加哥城市记忆。比如,在其代表作《赫索格》(*Herzog*, 1964) 中,从主人公赫索格回到芝加哥的那一刻起,他关于芝加哥的全部城市记忆便随之启动了:

> 因此,在这种混沌之中,他意识到芝加哥的存在,意识到这个三十多年他所熟悉的地方。从它的种种景物中,通过他自己独特的感官艺术,他产生了自己对芝加哥的印象。芝加哥有厚实的墙壁,黑人住的贫民窟里散发着臭气,石板铺的人行道高低不平。较远的西部是工业区。在萧条的

南区,到处是污水,垃圾,一层金矿的废矿泥发着闪光。原来的牲口围场已经废弃,一座座红色的高大的屠宰场,在孤独之中破败腐烂。然后是呆板单调、有点嘈杂的平房住宅区和贫瘠荒凉的公园;还有一大片市郊商店区;这些过去是墓地——沃特海姆公墓,赫索格家的人就埋葬在这里;供骑马游玩聚会用的森林保护区,野餐的地方,谈情说爱的小径,可怕的谋杀现场;飞机场;采石场;最后,是一望无际的玉米地。与此同时,还有无穷无尽的、各式各样的活动——这就是现实。①

除赫索格这样触景生情式的城市回忆片段之外,在贝娄的长篇小说《奥吉·马奇历险记》和《洪堡的礼物》中都有着对于芝加哥这座城市更为细致的观察和描摹,也在呈现小说主人公更为深刻的城市经历和体验的同时,聚焦于他们作为城市人所感受到的都市顽疾。贝娄的作品中常常有这样一群受困于都市顽疾的人物,但他们的受困往往不是由物质或金钱等方面的贫乏导致的城市生活的艰辛。"贝娄在把城市作为一个实体进行批评的同时,还是把最终的责任置于人类个体上,是其腐蚀了城市,也因此邪恶并不为城市所固有,而是在于人的本性。"②贝娄作为一位芝加哥作家,与之前时代书写芝加哥的一些作家相比,他更关注的是都市人内心的或者精神层面的困顿,所以

---

① 索尔·贝娄,《赫索格》,宋兆霖译,宋兆霖主编,《索尔·贝娄全集:第四卷》,石家庄:河北教育出版社,2002。359 页。
② 赵霞,《城市想象和人性救赎:索尔·贝娄小说研究》,北京:中国社会科学出版社,2016。1 页。

都市顽疾在贝娄笔下更多体现为都市人在精神上受困于城市之中，同时受困的不仅仅是都市人，还有芝加哥城市本身，因为城市本身也无法逃离弥漫其中的都市精神陷阱。

《奥吉·马奇历险记》：芝加哥都市体验[①]

《奥吉·马奇历险记》是贝娄早期作品中较有影响力的一部，也是其着重刻画芝加哥城市的一部作品。提及小说中所呈现的20世纪二三十年代的芝加哥，贝娄曾写道：

> 我以小说创作为生，但又自认为有点儿像个历史学家。三十多年前，我出版了《奥吉·马奇历险记》。这部小说大半是二十和三十年代芝加哥的记录。……因此，在全世界的人们的心目中，正在形成奥吉历险之背景的芝加哥的形象，不过，那个芝加哥已不复存在，只能在记忆和小说里见到了。正像奥尔·卡彭的西塞罗镇一样，正像杰克·伦敦笔下的克朗代克一样，正像费尼莫·库柏所描绘的树林一样，正像古甘所画的太平洋一样，正像厄普顿·辛克莱的屠场一样，它现在只是成了想象中的地方。三十年代给冲洗掉了：危房、空地，以及土生土长的人物——杂货商、屠夫、牙医、街坊——都得到了报偿，幸存下来的或者躲在私人小医院里，或者蹒跚在佛罗里达州，或者

[①] 此部分与《奥吉·马奇历险记》相关的内容参见笔者发表于《外语与翻译》2014年第4期60—65页上的期刊文章《奥吉·马奇的芝加哥体验与都市空间塑造》，有改动和增补。

第三章 受困的芝加哥

罹患阿尔茨海默病,在加利福尼亚州的威尼斯镇濒临死亡。①

从这个意义上来看,《奥吉·马奇历险记》中的芝加哥是对城市历史的一种个人记载,也就是说,贝娄在小说中所再现的芝加哥城市历史在很大程度上依赖于他对小说主人公奥吉·马奇日常都市生活的记叙。

奥吉的这些都市生活经验不仅反映了当时芝加哥的历史风貌,更重要的是,将芝加哥由一个抽象的地名转变为生动的城市空间。德塞都(Michel de Certeau)认为正是人们在空间中的日常生活经验使空间区别于地点,也就是"简单来说,空间是被实践的地点"②。地点的概念强调一种"秩序",因此"排除了两个事物在同一方位(地点)的可能性",而空间则恰恰包含了"移动元素的交叉",其结果就是"被各种运动的组合激活"③,所以空间的概念强调运动和交流。地点和空间,两者一静一动。如果将地点与空间的关系类比为词语与话语的关系,那么空间就好比是说出口的词语,通过人的实践,变成了鲜活的话语,而不仅仅是词典里的一个个词条。也就是说,"由城市规划在几何学上所定义的街道被行人们转变成了一种

---

① 索尔·贝娄,《芝加哥今昔》,李自修等译,宋兆霖主编,《集腋成裘集》,《索尔·贝娄全集:第十四卷》。石家庄:河北教育出版社,2002。299—300页。译文略有改动。
② de Certeau, Michel. *The Practice of Everyday Life*. Trans. Steven Rendall. Berkeley, Los Angeles and London: University of California Press, 1984. 117.
③ Ibid.

空间"①。在这种意义上,贝娄笔下的主人公奥吉的城市生活经验就是这样一种空间实践,他通过个人的日常都市生活,将芝加哥这个专有名词,转变成了鲜活的城市体验。更重要的是,奥吉的都市体验在很大程度上展现了人与城市的一种关系。依照列斐伏尔对城市空间的理解,他所提及的"空间"既不是哲学家所构筑的形而上的真空地带,也不是数学家在几何学上的抽象定义,而是由"事物(物体与产品)间一系列的关系"② 所构成的。如果德塞都所强调的是实践之于空间的塑造,那么列斐伏尔则指出了空间在本质上的内涵,即"一系列的关系",而城市中人与人、人与城市的关系正是奥吉的芝加哥都市体验的核心内容。

奥吉的都市体验主要集中于他在20世纪二三十年代的芝加哥曾做过的各种各样的工作,他说这些工作是"我的罗塞塔石,可说是构成我整个一生的基础"③。奥吉是一名成长于芝加哥贫民窟的犹太移民后裔,是土生土长的芝加哥人,与《嘉莉妹妹》中的嘉莉、《深渊》中的劳拉和《屠场》中的约吉斯等这些外来移民不同。他迫于生计不得不从少年时学习各种谋生手段,十几岁起,他从为剧院分发传单开始,先后做过报纸投递员、百货商店搬运工、街头小贩、圣诞节小丑、花店

---

① de Certeau, Michel. *The Practice of Everyday Life*. Trans. Steven Rendall. Berkeley, Los Angeles and London: University of California Press, 1984. 117.

② Lefebvre, Henri. *The Production of Space*. Trans. Donald Nicholson-Smith. Malden, Oxford and Victoria: Blackwell Publishing, 1991. 83.

③ 索尔·贝娄,《奥吉·马奇历险记》,《索尔·贝娄全集》(第一至二卷),宋兆霖译,石家庄:河北教育出版社,2002. 47 页。以下原文引用均出自同一版本,在正文中只标记页码。

第三章 受困的芝加哥

送货员、房产经纪人助理、奢侈品商店售货员、学生宿舍管理员、煤场经理,他曾入室盗窃,也做过偷书贼,卖过马鞍马具和防水漆,还参与过政府救济项目和工人运动。如果说德莱塞的《嘉丽妹妹》开篇给读者的芝加哥城市印象是嘉莉的一长串求职面试,那么奥吉·马奇的城市经历首先看起来像是一系列的打零工和学徒经历。贝娄的这一人物设定为奥吉在个人成长过程中通过诸多工作了解城市的不同侧面提供了可能性,在尽可能全面地展示城市风貌的同时,也让奥吉对于城市空间的体悟在多个层次上展开,既有工商业城市的繁荣,也有都市中不同社会阶层的差距,更重要的是,他在迥异的都市体验中逐渐觉察出人与城市之间复杂的关系。从这个角度上来看,如果用本雅明的都市"闲逛者"来参照奥吉的芝加哥经历,可以看到:一方面,奥吉在城市中广泛地漫游,的确是一名合格的都市观看者;另一方面,奥吉观看时的态度和方式却又与典型的都市"闲逛者"有所不同,他在公共的和私人的领域内既观看都市中的陌生人,也考察身边的亲人朋友,他选择了一种更为主动的方式深入这座城市。他在做一名都市观看者的同时也是一名都市参与者。

奥吉·马奇对于芝加哥的都市体验首先是一座繁华工商业城市的蓬勃活力。20世纪20年代的芝加哥在经历经济大萧条之前是一派前所未有的繁荣景象,而这段时间恰巧与奥吉富有好奇心的青少年时期相吻合。在一个涉世未深的少年眼中,都市里的忙碌与辛劳都蒙上了一层新奇。这是奥吉对于都市的原初体验,也让贝娄对于芝加哥这座工商业重镇的刻画,在少年奥吉的视角下,与20世纪初的现实主义作家如德莱塞和辛克莱显得有所不同。比如，奥吉在商场地下室里做搬运苦力时，虽然要忍受变质食品和草制品的难闻气味，但他仍为自己的工作感到骄傲：

> 不过要紧的是，要装成一个雇员的样子，以雇员的身份和那些女孩子搭讪，身穿工作服，在那罐头般拥挤、吱嘎作响、热闹嘈杂、出售五金制品、玻璃器皿、巧克力、鸡饲料、珠宝首饰、呢绒绸缎、防水油布，还有流行歌曲唱片之类的杂货商场里干事——这是桩了不起的事；而且，他们还是那儿的阿特拉斯，在下面，可以听到头上的地板在千百人的踩踏下呻吟，隔壁就是电影院通风机房。从上面，还传来芝加哥大道驶过的电车的隆隆声——风刮起的尘土使蒙血的星期六变得阴沉沉，一幢幢五层楼房里黑魆魆的轮廓，从各家店铺圣诞的辉煌灯火一直升向上面也看不清的北区的朦胧中。(52—53)

从贝娄对奥吉地下室拥挤喧闹环境的描述可以看出，工作条件并不理想，但是奥吉认为即便做一名苦力，也是一件"了不起的事"，在地下犹如希腊神话中的擎天巨神阿特拉斯（Atlas）。他的工作经历中充满了少年对于周边人和事物的好奇，同时他对于自己的雇员身份更多的是认同，甚至有那么一丝自豪感，觉得拥有这样的身份，似乎象征着某种城市中的归属感，能够听到看到这座城市中的一切细节，能够成为这座城市运转的某一部分。相比而言，无论是德莱塞笔下进城谋生的嘉莉抱怨在流水线上做工"老是保持着一种姿势，重复着一种简单的机械动作"① 让人恶心厌烦,还是《屠场》中在罐头镇工作的主人公约吉斯在臭气熏天、危险重重的恶劣工作环境和不断"加速"的压榨制度下勉强度日,他们都在芝加哥繁重的工业机器压迫之下感到身心俱疲。因此,尽管贝娄此处所刻画的仍旧是城市里中下劳动阶层的都市体验,但所透露出的情绪是一种成为大都市一员的认同与骄傲。

再如奥吉路过城市外围的工业区,所目睹的是典型的工业城市景象:"一路上有许多码头以及硫磺和煤的堆场,在中午的空气中,在那些乌黑、巨大的帕西费奥母牛和别的柱形无头巨兽之间,居然还见到火焰。不是光,是炽热的火焰,还有赤褐色的滚滚浓烟,鳞次栉比地连成大片的炼炉和厂房。"(130)就如同奥吉在小说开头第一句话中所总结的那样,此处的芝加哥是"那座灰暗的城市"(11)。然而,尽管贝娄承认芝加哥作为一座工业城的灰暗色调,并且使用了如"乌黑、巨大的帕西费奥母牛"和"柱形无头巨兽"之类的比喻来描写厂房、烟囱等工业建筑的巨大与丑陋,但接下来他笔锋一转,将芝加哥与伦敦、都灵类比:"要是你见过冬日的伦敦,在它那道河光即将消逝的可怕的最后时刻,张开吼叫的大嘴的情景,或者曾在十二月里,冒着严寒乘车越过阿尔卑斯山,在一片白色的水蒸气中进入都灵,你就能了解这一带的类似壮观。"(130)就城市的整体风貌和在文学作品中的印象而言,

---

① 西奥多·德莱塞,《嘉莉妹妹》,潘庆舲译,北京:人民文学出版社,2012。38 页。

伦敦与都灵也都是曾以"灰暗"而著称的工业城。贝娄对于芝加哥的描述起始于"灰暗",但他还是最终将这座工业城市的印象落脚于"壮观"。贝娄在不否认芝加哥作为一个工业城市的传统印象的同时,着重强调了主人公对于芝加哥强而有力的工业文明的个人感受,少年奥吉在主观上更多的是惊叹于城市的壮观景象,而非厌弃。

奥吉除了自身作为一个普通雇员体验着芝加哥工业机器的运转之外,还在诸多城市地标见证着都市特有的繁华与忙碌。比如,奥吉和哥哥西蒙在市中心火车站的摊位上做售货员,奥吉就惊叹于站台上来往人流的繁忙:"钱财滚滚而来,黑压压的来往旅客人流都知道,他们自己要的是什么口香糖、水果、香烟,还有那厚厚的一沓沓堆得像堡垒似的报纸和杂志,他[1]像盏中央大吊灯似的中心摊位,占了那么大的面积和空间,显得多有气派。"[2](58)芝加哥早在20世纪20年代就已经成为美国中西部地区最重要的铁路枢纽,当时的城市拥有前所未有的经济增长速度。奥吉赞叹的是都市中的商业力量和气派,来往的人流和钱财就是这力量之源,这个火车站上的小摊位所折射出的是芝加哥商业区内的繁华。

大都市的种种让奥吉为这座城市着迷,他用少年所特有的好奇心与旺盛精力,几乎跑遍了市中心的各个角落。实在无事可做的时候,他便去市政厅里乘电梯上上下下。电梯这个狭小的空间,在奥吉眼中也成了都市的浓缩代表:

---

[1] 指奥吉·马奇的哥哥西蒙。
[2] 译文略有改动。

第三章 受困的芝加哥

> 我们在电梯里和大亨、投机商、地方官、贪心汉、小政客、告密者、流氓、色狼、行贿者、告状的、警察、戴西部帽子的男人、穿毛皮外套和蜥蜴皮皮鞋的女人,摩肩接踵,同上同下,热气冷气,混在一起,残暴的情节、色情的气氛;有大吃大喝、蓄意欺诈、精心盘算、受灾遭难、漠不关心的蛛丝马迹,还有在浇注混凝土中捞一大笔的渴望,以及整个密西西比河流域私酿、私卖威士忌和啤酒的活动。(62)

电梯中的狭小拥挤空间反映出都市中人的汇聚,是大都市中的鱼龙混杂,这些人怀揣各自的目的来到芝加哥,或是实现自己的政治抱负,或是前来投机钻营,其中既不乏实力雄厚的产业大亨,也有不少不法之徒和流氓小人。芝加哥这样的大都市为这些人提供着各种各样升官发财的机会,也就自然而然地吸引着他们来到这里,成为都市中的一分子。少年奥吉这些见闻的出发点是对于外部世界的好奇和探索,尽管他意识到这些汇聚于芝加哥的男男女女大多各怀鬼胎,但奥吉并没有做出过多的道德与价值判断。

除了火车站和电梯之外,奥吉的芝加哥漫游依赖于公共交通,尤其是有轨电车。在20世纪二三十年代,芝加哥就已经形成了成熟的有轨电车系统,奥吉自小便经常乘坐。但在他还是少年的时候,奥吉并不喜欢乘坐电车,因为当时他是花店的小工,乘坐电车送花的经历并不让人愉快:"我不愿带着大花圈或丧户的门上花饰乘电车,因为将近傍晚时,正是人们下班回家的高峰时间,我得抢占位置,守住一个角落,还得用身子挡住花圈,不让售票员和心情不好的乘客过来,实在是活受罪。"(74)作为一个涉世未深的少年,奥吉的乘车体验首要考虑的是因为车厢狭小环境的拥挤而给自己的工作所带来的麻烦。可是,随着他年龄的增长,城市经验的积累,奥吉对乘车有了新的体验和认识:"坐在线路像蜘蛛网似的公交车上,连续数小时在市区各地奔走,由于车内拥挤,密不透气,闷得你昏昏沉沉,傻得像一只火炉边的猫。人恍恍惚惚的,像是堆成一堆的相同的东西,就像是小零件,报纸专栏的字符,建筑物的砖块。"(221)贝娄在此处强调了人在大都市中降格为某种统一而单调的抽象存在,这一都市体验尤其在乘坐公共交通时最为明显,每一个人都因乘坐同一辆车前往同一目的地而具有了同质性,而这种同质性的结果是个性和重要性的消磨。

贝娄对于城市公共交通的描写及反思在其另一部小说《赛姆勒先生的行星》(*Mr. Sammler's Planet*, 1970)中有着更突出的体现:赛姆勒先生在1960年代末的纽约城市公交车上,看到一个黑人扒手对一位老人明目张胆的暴力抢劫行为,在赛姆勒看到全部犯罪细节的同时扒手也注意到了赛姆勒先生,并随后追下车去野蛮粗鲁地胁迫了赛姆勒先生。作为一个二战老兵和犹太大屠杀的幸存者,同时也是一位信仰以威尔斯(H. G. Wells)为代表的启蒙理想主义的长者,赛姆勒先生在这一偶然事件中被迫与非理性和动物性有了一次正面交锋。与奥吉所体悟的代表着城市同质性的公共交通系统完全不同,对于赛姆勒先生而言,城市的公交车上充满着犯罪和暴力,是一种反文明的野蛮力量,正体现了小说主题性的"文明与荒蛮的相互影响，它们正是阿图尔·赛姆勒小心翼翼去平衡的对立概念"①。

虽然奥吉所经历的芝加哥公交体验远没有赛姆勒先生的那样暴力凶险，但同样指向了贝娄式的对于城市文明的拷问。奥吉在那段沉闷的公交车之旅上思考着城市与文明的关系："没有城市就没有文明，可是没有文明的城市会怎么样呢？让这么多人聚集在一起，互相之间不发生关系，这是一种非人状况。"（221）在没有文明的城市中，赛姆勒先生所担忧的是人与人之间的暴力关系，而奥吉所担忧的是人与人之间不发生关系。城市中人与人物理距离上的紧密并不代表更亲近的人际关系和更亲密的交流。齐美尔将大都市中人的这种精神状态称为"一种保留的态度"，同时断言："如果城市里很多人之间连续不断的外在接触必须得到同样数量的内在反应，就像在小镇上，一个人几乎认识他所遇到的所有人，而且跟每一个人都有一种积极的联系，那么，城市里的人就会在内心彻底被原子化了，并且将会陷入一种不可思议的精神状态。"② 尽管贝娄借助奥吉沉闷的公交车体验表达出对大都市人之间的这种保留态度的担忧，但他仍旧对城市抱有相信的态度，也就是并不相信会出现齐美尔所断言的都市人内心的原子化。奥吉在想到人与人之间相互不发生关系的非人状况之后，立即便否定了自己的这个想法："不过，这是不可能的。沉闷能产生自己的火焰，

---

① Goffman, Ethan. "Between Guilt and Afflence: The Jewish Gaze and the Black Thief in *Mr. Sammler's Planet*". *Contemporary Literature*, 38 (Winter, 1997), 707.
② 齐美尔，《大都会与精神生活》，朱生坚译，薛毅主编，《西方都市文化研究读本》（第二卷），桂林：广西师范大学出版社，2008。96页。

因此这种情况从来没有发生过。"（221）

  总的来说，少年奥吉对于芝加哥的城市体验集中于对大都市工商业繁荣的赞叹。无论是城市外圈工业区的壮观，还是市中心的人流与物流，无论是作为普通劳动者的自豪，还是旁观都市中各色人等的新奇感，奥吉眼中的芝加哥首先是一个工商业高度发达的大都市，而少年奥吉作为这个城市中的一员，芝加哥在此时所给予他的也是一种蓬勃发展的力量。但是，随着主人公城市经验的丰富和年龄的增长，奥吉看到了芝加哥的更多层面，逐步体悟到了大都市可能面对的各种问题。另一位芝加哥作家纳尔逊·艾格林（Nelson Algren）在其诗性化的芝加哥城市历史写作中这样概括城市的这种复杂性："芝加哥……总是保持着两张面孔，一张是胜利者的，一张是失败者的；一张属于那些诡计多端之人，一张属于刚正不阿甚至有些古板之人。"[1] 虽然艾格林不是历史学家，也不是都市学者，但他在短短一万多字的散文作品中，高度浓缩了芝加哥的城市历史。与其说他真实记录了城市发展中的点滴，不如说他的城市历史书写在文学化、诗性化的语言之中，更侧重对芝加哥城市精神和印象的把握。他提出芝加哥城市的两面性，既有阳光下大都市繁忙的人流车流，工商业的蓬勃发展，同时也有午夜时分灰暗的地铁上普通工人疲惫的身影与湿润的眼眶；既有善于钻营发了大财的投机商（如《深渊》中意气风发时期的杰德温），也有单凭一副身板、日日出卖苦力却仍旧在这个大城市中被撞

---

[1] Algren, Nelson. *Chicago: City on the Make*. Chicago: University of Chicago Press, 1987. 23.

得头破血流、到头来一无所有的底层移民（如《屠场》中的约吉斯）。如果说艾格林是用一系列的都市意象较为写意地勾勒出芝加哥的城市气质，那么贝娄就是用主人公奥吉日常而细微的直接生活经验来具体展现这座大都市的不同侧面。少年奥吉所见到的蓬勃向上的芝加哥可以算作是他对于城市的表层体验，随着他个人经验和年岁的增长，奥吉逐渐在更为深入的层次上认识到大都市的社会现实，也就是艾格林所提到的芝加哥的"两张面孔"。奥吉不仅看到了城市经济的繁荣和快速发展，也逐渐意识到这种繁荣与发展背后底层市民生活的艰辛。

  奥吉对芝加哥城市这种更为深入的认识首先来自他对城市不同社区的差异化体验，也就是他看到了相对富裕社区和贫民区，特别是外来移民聚居地之间迥异的城市生活。当奥吉驾车穿越芝加哥不同的地区时，他看到在芝加哥这座城市中，一方面，邻近湖畔的社区有"财富的一切表现，在寒光闪烁、夜色深沉的北区车道上，一大串汽车中的数量，高尚的家族成员乘坐软胎车驶向水上舞会和德拉克饭店，以及它周围高台上所设的宴席；丰盛的菜肴，精美的食品，刺激的舞蹈"（338）；另一方面，在西区等典型的移民聚居区，则是"枯萎的树木，灰砖砌成的密集房屋，拥挤不堪、劳苦贫穷的分立一旁的另一个芝加哥"（338）。在这另一个芝加哥中，没有豪华饭店，只有肮脏不堪的小酒馆，"在这些令人昏昏欲睡、闷热阴暗的地方，连苍蝇也只会爬而飞不动，似乎全都被小便池的樟脑丸和麦芽酒的酸味熏得晕乎乎了"（313）；没有富家子弟出没的华贵的水上舞会，只有粗俗的产业工人、无业游民等混迹其中的台球厅,混乱嘈杂,"爵士乐震耳欲聋,棒球广播哇哇直叫,记分器嗒嗒走动,台球杆乒乒击球、吐葵花子壳声、踩碎蓝粉笔声"(116)。奥吉在城市中点滴生活经验和工作阅历不断积累,两个不同的芝加哥也随之浮现出来。

除了奥吉在城市中的日常见闻让他看到两个不同的芝加哥,一份房屋调查的工作更使他深入城市贫民窟的内部。尽管奥吉就出生成长于贫民区,但是这份工作让他意识到自己进入了一个以往从不曾了解的芝加哥。在那里,奥吉"有时会发现十个人挤住在一个房间里,会见到挖在街道下面的厕所和被老鼠咬伤的孩子。……牲畜围场的臭味附在我的身上……"(395)。这些熟悉的场景同样出现在辛克莱的小说《屠场》中,主人公约吉斯一家正是这样一大家子人挤住在一起,居住和工作的卫生条件堪忧,孩子因此遭受病痛折磨。城市移民人口的不断增长和住房建筑及维修项目的缓慢推进之间存在着长期而深刻的矛盾。奥吉所经历的芝加哥是20世纪二三十年代的城市,当时环绕商业区最早兴建的住宅区已经有半个世纪左右的历史了,许多房屋都已破败,但因租金低廉,成为低收入家庭和外来移民的首选落脚地,所以反而在最邻近市中心的环带形成了一片"衰落地区,贫民窟"①。城市湖滨和近郊所兴建的住宅区因其昂贵的价格并没有解决困扰城市的住房问题。无论是20世纪初的现实主义小说如《屠场》,还是贝娄所描写的20世纪二三十年代的芝加哥,外来移民作为城

---

① Mayer, Harold M. and Richard C. Wade. *Chicago: Growth of a Metropolis*. Chicago and London: The University of Chicago Press, 1973. 316.

市底层人民的住房问题一直都是突出的城市顽疾。从这个角度来看,湖滨北区安逸高雅的都市生活只是芝加哥的一个面孔,在另一个属于相当一部分都市底层人民的芝加哥那里,不光是业余休闲场所肮脏混乱,就连日常居所的卫生条件都颇为堪忧,更不用说儿童的健康和教育问题了。

此外,奥吉还在美国产业工会联合会(CIO, Congress of Industrial Organizations)中短暂地工作过,从而见证了芝加哥暴力躁动的模样。在20世纪30年代经济大萧条时期,美国产业工会联合会在与其对手美国劳工联合会(AFL, American Federation of Labor)合并之前,是当时发展迅猛、影响巨大的产业工人的工会组织,这得益于当时居高不下的失业率和恶劣的工作条件。奥吉在那里每日工作所见皆是风风火火的各行各业的产业工人:"人们都争先恐后地踊跃加入工会,这种迫切的情绪几乎可以说出于本性,如同调换蜂箱时出现的繁忙纷乱场面,全都一心一意想达到自己的目的,由于意识到是他们自己的意愿才起来罢工和抗争,所以他们特别容易动肝火。这想必跟大迁徙、争地运动或淘金热十分相似。"(397)这些产业工人常常不管不顾地就大喊大叫着说要罢工,当奥吉向他们解释那样做并不合法时,却会被骂作"胆小鬼"。更有甚者,敌对工会的打手趁火打劫,奥吉"就被人从后面抓住拖下了木桶,一跌到地上,眼睛、鼻子上就挨了一顿揍"(422)。奥吉为了见证这个粗暴的芝加哥,自己也不幸卷入其中,付出了鲜血的代价。

然而,贫困和躁动的产业工人恰恰是支撑芝加哥崛起与发展的中坚力量。艾格林称他们所居住的贫民窟是一个能听到

"城市巨大心脏跳动"① 的地方,因为"工人住宅区的狭窄街道似乎能够比那些清白的林荫大道更轻松地呼吸,它们仿佛更接近真实的土地"②。这两个不同的芝加哥之间似乎存在着一个疑问:究竟哪一个才是真实的芝加哥?肮脏破败、暴力骚动的贫民窟里的芝加哥更接近底层的社会现实,而光鲜亮丽、温文尔雅的中产和富裕阶层的芝加哥更能吸引人们的注目,也更为人所熟知。

不光是芝加哥这座城市具有两张面孔,居住在其中的都市人久而久之不但早已习惯了城市的这种多面性,并且渐渐受其影响,也能自如地在不同面具间切换。在奥吉眼中,自己的邻居兼雇主考布林先生便是如此。考布林一家同奥吉一家一样,都是居住在贫民区的东欧犹太移民及其后裔,考布林先生每天早晨五点起床配送报纸,可以说是当时典型的靠出卖体力为生的城市底层家庭。考布林先生在家时,并不介意粗茶淡饭和粗鲁的就餐习惯,看到自己的内弟直接用手指把牛油抹在面包上,"他好像认为这很自然"(37)。然而,奥吉知道,当考布林先生去市中心参加所谓的送报人会议时,却完全是另外一个样子:

> 首先,他脱掉像米勒的名画《播种者》似的每天背着一大袋报纸去发送时穿的格子旧外套,换上一套新衣服。头上戴顶帽檐可推上拉下的侦探戴的呢帽,脚穿大头皮鞋,带着账单和一份《论坛报》,为了看报上的连环漫画、球

---

① Algren, Nelson. *Chicago: City on the Make*. Chicago:University of Chicago Press, 1987. 26.

② Ibid., 27.

赛结果、股市行情——当时他在炒股票——以及黑社会火并新闻，……他先去一家好饭店吃午饭，或者上莱克饭店吃肉烧豆和黑面包。然后去开会，听发行经理做报告。会后在闹市区南端吃甜点，喝咖啡，接着上秣市或丽尔都看歌舞表演，或者去一个比较便宜的有乡下姑娘和黑人女孩卖力的地方，那种用意更单一也更无趣的场所。（37—38）①

身处闹市区的考布林先生从穿着打扮到对食物和娱乐方式的选择，已经完全向都市中产阶级靠拢。城市有着不同的面孔，生活其中的都市人也不可避免地换上不同的装束，游走于不同的芝加哥之间。

贝娄利用主人公奥吉在芝加哥持续变换的工作经历，不断拓展和丰富着奥吉对于城市空间的实践和体悟，从对城市繁荣的赞叹逐渐发展成为对城市复杂性的洞悉。但是，贝娄对于芝加哥两面性的刻画，并没有将城市空间割裂为破碎甚至相互冲突的都市阶层。他的着力点并不在于强调冲突，他对于两张面孔并没有表现出明显的偏好。相反，贝娄同时接受这两个迥异的芝加哥，并指出两者共存是芝加哥城市的深刻社会现实："啊，不！预言书中的两部分是不可分割的。迦勒底的美女和野兽以及可怜人，是同住在一幢房子里的。"（338）

由此，奥吉·马奇用自己的日常芝加哥生活实践构筑起一个鲜活的都市空间。对于城市，奥吉是一名机敏的观看者，他通过自己频繁更换的工作最大限度地探索着城市的各个角落。

---

① 译文略有改动。

但是,他不仅仅是一名旁观者,他逐渐觉察出人与城市之间的拉扯:人建造了城市,同时城市也施与人一种控制与塑造的力量。也就是说,随着奥吉对城市日趋加深的了解,他觉察出无形之中有一股城市对人的控制力量,他清醒地意识到,在芝加哥,"没有牧羊人谈情说爱的西西里风情,没有任意涂抹的生活画卷,只有城市中深切的烦恼。而你又被迫过早地卷入那高深莫测的城市生活目标之中"(122)。20世纪二三十年代的芝加哥像磁铁一样吸引着东部的美国商人、南部的黑人劳力及欧洲的移民群体。这些人来到芝加哥也许表面上目的迥异,但本质上都是为了"人类社会最突出的特征,即争夺权力和物质利益"①。艾格林也强调攫取物质利益在城市中的重要性,他更为直接地指出:"赚钱是一个人于城市中安身立命的唯一目的,在这里美元既是财务上的分母,也是精神上的。"② 可以说,无论都市人所见证的是城市里的川流不息与欣欣向荣,抑或是破落的贫民窟与不堪的底层生活,城市都像一只强而有力的大手,推动着来自不同社会阶层的每个人不断向更高处攀登。也就是在这种推动力下,都市人卷入了奥吉所说的"那高深莫测的城市生活目标之中"。

《奥吉·马奇历险记》这部小说中,贝娄所刻画的一系列都市人中的大多数都顺从于城市的这股推力,或是被动地受到繁华的诱惑,不自觉地向都市中产阶级生活方式靠拢,或是怀

---

① Pughe, Thomas. "Reading the Picaresque: Mark Twain's *The Adventures of Huckleberry Finn*, Saul Bellow's *The Adventures of Augie March*, and More Recent Adventures". *English Studies*, 77, 1996, 65.

② Algren, Nelson. *Chicago: City on the Make*. Chicago: University of Chicago Press, 1987. 22.

揣美国梦,更为主动地在城市这片乐土上谋取利益。前者比如上文提到的考布林先生,他一方面能够接受自己处于社会底层的现状,但是每每来到市中心,不知不觉中就变换了自己的生活方式和行为习惯,配合着芝加哥的两副面孔。后者比如奥吉的哥哥西蒙,他认定自己要在这座大城市中出人头地,经济大萧条时的失业,未婚妻因为他没钱而另嫁他人,这些打击都只让他更坚定地走上大都市为他铺设好的实现美国梦的道路,最终他娶上了一位富家女,成功踏入上流社会。

主人公奥吉则不同于都市中的大多数人。他表面上看没有明确的生活目标,穿梭往来于不同的职业间,显得游手好闲,甚至连他自己也说不清在这城市中他所追求的到底是什么,他说:"我哥哥西蒙年纪比我大不了多少,他和一些我们的同龄人都已想到应该不负此生,而且已经选择了方向,可我仍在团团转。"(121)实际上,这是他对城市控制力量的一种反抗,最终还是艾洪看透了奥吉,说他"有一种反抗性"(161)。

奥吉所反抗的是城市对于人的一种规定和胁迫,一旦人进入城市,就必须按照城市机器的安排,为了生存:要不拼命劳作,用血汗换取薪水,如同以考布林为代表的城市底层劳动者;要不就抛下一切,铁石心肠,奋力钻营,有朝一日平步青云,如同西蒙一般。同样的这两类进入都市生活的人物在20世纪初的现实主义小说中也可觅得:比如,《屠场》中的约吉斯一家就与考布林类似,都是出卖劳力勉强度日的城市底层劳动者;再比如,《嘉莉妹妹》中的嘉莉就是如奥吉的哥哥西蒙一样,成功地在城市中平步青云。可是,奥吉既不想像考布林那样浑浑噩噩地日复一日,又不愿像西蒙那样虽取得成功,但内心深处总感恐惧，担心一个不留神，就会被人瞧不起或者被踢回贫民窟。奥吉与上述这些人正相反，他时刻警惕着大城市控制力量伪装出的任何善意，"心里极想进行抵抗，想说'不！'"（161）。他对考布林太太提出让他娶自己女儿的要求说不，对伦林家的收养提议说不，对西蒙要把他也拉进上流社会的想法说不。从这个意义上讲，奥吉与德莱塞、诺里斯、辛克莱等自然主义作家笔下的完全受控于城市力量的主人公完全不同，他的主体意识一直保持清醒并主动掌控着自己的命运。奥吉在不断的拒绝中反倒认清了自己本来的面目，他说："我从不接受命中注定的说法，也不会变成别人要把我造就的样子。"（166）在此处，奥吉提到的"别人"既包括他身边所遇到的试图改变他的都市人，也在更深层的意义上指向芝加哥本身，因为那些试图改变他的都市人都顺从了芝加哥这座城市的意愿，迎合了它的规则，最终成为它的一部分。虽然奥吉在小说一开头声称自己是个地道的芝加哥人，可随着他与芝加哥的多次博弈，他反倒变得与大多数芝加哥人不同，也慢慢与芝加哥背道而驰，渐行渐远。

贝娄所塑造的奥吉这个人物其实有着作家本人的影子。在谈到大都市对人的影响时，贝娄认定自己"不愿意成为环境的产物"，并且意识到自己"有了一种难以克服的反抗心理，因此，我那渴仰美国化的大家庭和那没有得到机会的芝加哥城，都未能改变我原来的形象"[1]。奥吉也如同贝娄一样，没有成为环境的产物，没有改变原来的形象。

---

[1] 索尔·贝娄，《前言》，艾伦·布鲁姆著，《走向封闭的美国精神》，缪青、宋丽娜等译，北京：中国社会科学出版社，1994。4页。

第三章　受困的芝加哥

《洪堡的礼物》：芝加哥城市困惑[①]

索尔·贝娄中期作品中的芝加哥进一步集中体现了当代大都市的顽疾，是贝娄反思城市文明、把脉现代性问题的理想场所。尽管贝娄对芝加哥进行过多次细致描写，但他同时也承认"要想简明扼要地说说芝加哥，比你想象的可能还要困难。这个城市代表着美国生活里的某种东西，然而，这某种东西，却永远没有得到完全澄清"[②]。贝娄在其小说创作中所尝试的正是对这"某种东西"的艺术呈现，芝加哥由此化身为一种更为复杂的城市空间。

贝娄的长篇小说《洪堡的礼物》发表于1975年，同年获得普利策奖，并被认为是帮助贝娄获得1976年诺贝尔文学奖的重要作品之一。主人公西特林是一位成功的剧作家，典型的贝娄式知识分子人物。他于20世纪30年代随父母移民芝加哥，在那里度过童年，青年时为了追求文学创作梦想，只身前往纽约。50年代因为一部百老汇戏剧一炮而红，成为纽约文化界的宠儿，但在人到中年之时，选择回到芝加哥定居。他的70年代芝加哥生活并没有像预想的那样顺遂，相反，他发觉自己陷入了一团混乱之中：与前妻的官司没完没了，财务状况欠佳，创作才思枯竭，还与一个街头小流氓纠缠不清，最后连

[①] 此部分与《洪堡的礼物》相关的内容参见笔者发表于《中州学刊》2014年第7期154—158页上的期刊文章《〈洪堡的礼物〉中的都市问题及对中国的启示》，有改动和增补。

[②] 索尔·贝娄，《集腋成裘集》，李自修等译，宋兆霖主编，《索尔·贝娄全集：第十四卷》，石家庄：河北教育出版社，2002。298页。

情人也离他而去。然而,芝加哥对于西特林而言,不仅仅是这些外部嘈杂的都市经验,同时在他内心深处,一直怀念着那个曾经熟悉的老芝加哥。由此,在《洪堡的礼物》中城市空间是通过"内""外"两座不同芝加哥城的交织塑造而成。

于嘈杂繁复的芝加哥都市场景中,贝娄把对庞大都市的描摹浓缩为三种最具代表性的都市符号,即光鲜亮丽的高级跑车、鳞次栉比的摩天大楼和芝加哥式的黑帮分子。这三种符号极富象征意义地代表了芝加哥1970年代的社会现状,在象征的层面构成一种城市空间,它们共同形成了一股合力,推着主人公西特林不自觉地陷入混乱之中。

大都市的发展史中从来不缺少汽车的参与。在20世纪二三十年代的芝加哥大量私人汽车的兴起在极大程度上改变了整个城市的面貌,郊区生活随之兴盛。随之而来的还有诸多城市顽疾,如交通拥堵和飞车谋杀。汽车之于城市,除了以上这些在城市发展史上显而易见的影响之外,还在都市人的思想观念中逐渐生发出别样的象征意义,特别是对于那些高档轿车而言,它们逐渐成为都市身份与地位的象征。小说主人公西特林在芝加哥开的是一辆价值1.8万美元的梅赛德斯-奔驰280-SL跑车。他原本开的车不是这辆,他坦承说买这车的原因是女友莱娜达。当莱娜达看到西特林开的竟然是一辆小道奇时,便惊讶地质问他:"'对一个名人来说,这算什么车子!这简直是一种错误。'"[1] 莱娜达这一质问的背后所透露的观点是都市人

---

[1] 索尔·贝娄,《洪堡的礼物》,蒲隆译,宋兆霖主编,《索尔·贝娄全集:第六卷》,石家庄:河北教育出版社,2002. 58页。以下原文引用均出自同一版本,在正文中只标记页码。

对于高档轿车的典型看法：车辆的外形与价格代表着一个人在城市中的身份和地位。

西特林无法认同莱娜达的这一套都市虚荣理论，他对于物质主义的诱惑有着清醒的自我认识，不至于让自己"一摸方向盘就忘乎所以"（59）。而且，他还将城市中那些常见的、开着豪华轿车的人与腐朽的权利联系在一起："在这儿，我们被出租汽车、运报卡车、捷豹、林肯、劳斯莱斯挡住了。这些车的主人，有的是证券经纪人，有的是公司法律顾问——居心叵测的盗贼，目空一切的政客，以及美国实业界的精英。"（331）① 但是，西特林在拒绝认同那一套都市虚荣论的同时，也将外形引人注目的跑车看作是一种示爱的方式，是爱的象征。在勃发的爱意之下，他将自己与莱娜达比喻成安东尼和埃及女王，并想象着两人驾驶着银色的梅赛德斯跑车驰骋于芝加哥：

> 我陷入我自己所谓的安东尼与克里奥佩特拉那种心境之中。让罗马融化在台伯河里吧！让全世界都知道，有一对心心相印的人儿，坐着银色的梅赛德斯穿过芝加哥，引擎就像魔法造的多足虫玩具的响声一样清脆，结构比瑞士宝路华表还要精密。不，简直是用宝石镶成的秘鲁蝶翼花纹的爱彼表！（59）②

从这种意义上讲，虽然西特林将高级跑车与其他一些昂贵的高

---

①② 译文略有改动。

级腕表相比,但其实在他眼中,高级跑车是其宣誓浪漫情感的途径,而与实际用途和个人名利的关系不大。此外,从更深一层来看,西特林的这种浪漫示爱更多的是与情爱欲望相关。他暗中将跑车与莱娜达所代表的感官诱惑相联系:"……可是在展销室里,兴奋、华丽、芳香而又高大的莱娜达把手放在银色的车篷上,说:'这一辆——小轿车……'她的手掌一摸就给人以肉欲;尽管她摸的是车,我的身体也能感受得到。"(68)① 对于大都市中的各种诱惑,西特林虽然有一定的警醒,但他同时也有自己的弱点,他的前妻就直言不讳:"'你的精神生活将会枯竭的。性欲将会扼杀你的精神的……'"(67) 大都市的烦扰侵袭是全方位的,西特林一开始对都市纷扰所保持的警惕在自身弱点与大都市的强大攻势的双重夹击之下,最终还是不能保护他全身而退。他不仅在莱娜达的劝诱之下买了跑车,更在跑车夜间被砸后,将这一袭击象征性地理解为对他自身的攻击,继而突然发觉自己的生活陷入了一团混乱之中。

除了豪华跑车,摩天大楼也是芝加哥城市的典型象征之一。芝加哥可以说是在美国大都市之中最早开始尝试建造摩天大楼的城市。在1871年城市大火之后的重建过程中,无数著名建筑师云集于此,跃跃欲试,同时得益于电梯和钢架结构等技术上的进步,芝加哥市中心被大火吞噬的商业区在"高度和广度"两方面都得到了新的延伸,并在19世纪末形成了

---

① 译文略有改动。

"一种令人震惊的新面貌"①。这些现代建筑不仅改变了城市风貌,而且赋予城市更多象征性的意义,比如,著名建筑师路易斯·沙利文(Louis H. Sullivan)就这样看待摩天大楼:"这些高大的办公楼是仁慈的大自然为人类骄傲的精神所提供的最重要最瑰丽的机会。"② 这位乐观主义的建筑师所代表的是在世纪之交,芝加哥人对于进步主义的推崇,更是对人雄心勃勃战胜重力这一信念的肯定。在建筑学上的成就和人类自尊心的满足之外,芝加哥的摩天大楼同时还象征着城市中人性的欲望和商业资本的实力,因为"任何人都能进入大楼,乘坐电梯,但只有少数能到达拥有最高权力的地方。……一个人处于大楼的什么位置或者要去往什么地方,以及大楼本身的位置和功能,都暗示出一个人在芝加哥的地位"③。

这些在19世纪末至20世纪初开始高耸于人类城市之上的巨大建筑,在多种多样的艺术门类中都有所体现。比如,在摄影、绘画和电影中,摩天大楼"所行使的功能是对美国现代性的一种提喻法(synecdoche)"④,也就是说,它用一种具体而形象的方式来展现美国的现代性。在20世纪初的美国文学中,无论是在自然主义还是现代主义的经典作品中,却对城市

---

① Pacyga, Dominic A. *Chicago: A Biography*. Chicago: The University of Chicago Press, 2009. 99 – 100.
② Sullivan, Louis H. "The Tall Office Building Artistically Considered (1896)". *America Builds: Source Documents in American Architecture and Planning*. Ed. Leland M. Roth. New York: Harper & Row, 1983. 343.
③ Smith, Carl S. *Chicago and the American Literary Imagination 1880 – 1920*. Chicago and London: University of Chicago Press, 1984. 123.
④ Brown, Adrienne R. "Between the Mythic and the Monstrous: The Early Skyscraper's Weird Frontiers". *Journal of Modern Literature*, 35 (Fall, 2011), 166.

中的摩天大楼都未能给予足够的重视,这也许是出于当时的美国作家们对这些庞大而乏味的现代都市建筑的抵触情绪。仅仅在当时的一些流行文学作品中,摩天大楼有时会作为主要场景,同时也作为一种意象,"展现这一构造在理想神话与可怖怪物的场域之间的摇摆不定"①,因为其同时与20世纪的新科技和美国边疆的旧思想相联系。

到了20世纪中期,摩天大楼已经成为与大都市浑然一体的存在,在如贝娄这样在芝加哥成长生活的作家眼中,其早已是城市生活中最为契合的一部分。在《洪堡的礼物》中,贝娄一方面认可对于摩天大楼惯有的象征解读,比如,西特林将滨湖的摩天大楼视作"芝加哥建筑史上的骄傲"(129),承认"人已经驱走了这片土地的空旷"(128);当西特林步入摩天大楼里光鲜亮丽的俱乐部时,便见证了城市中财富与权力的游戏。另一方面,贝娄又赋予1970年代的摩天大楼新的解读,特别是一些颇具芝加哥特色的象征意义。首先摩天大楼教给西特林一种"芝加哥社会观"(135)。他来到位于汉科克大厦六十几层的一套高级公寓,所见识到的老人表面上是一位体面的珠宝商人,而实际上是在转卖从商店盗窃而来的高档货。西特林不由得感叹:

如果你结识一个高层楼上以教唆为生的超级富翁,那就会以零售商店一半的价格弄到这些高档商品,而那些冒充顾

---

① Brown, Adrienne R. "Between the Mythic and the Monstrous: The Early Skyscraper's Weird Frontiers". *Journal of Modern Literature*, 35 (Fall, 2011), 168.

客混进商店亲手行窃的,则大都是些吸食海洛因的毒鬼。他们所得的报酬就是那些毒品。至于警察,据说也可以从中得到好处。他们可以使商人们不要大肆声张。反正都是保过险的。还有向国内收入署呈报的、美其名曰"损耗"或"年度损失"的事。如果你是在芝加哥长大的,对这类腐败的情况就不会大惊小怪了。相反,它还可以满足某种需要。这正好跟人们的芝加哥社会观相吻合。(135)

摩天大楼的顶层不仅仅象征着财富与权力的制高点,在芝加哥它同时暗示着犯罪与堕落的集聚地,并且这一聚集地外表上不是肮脏丑陋之地,相反正是一处冠冕堂皇的所在。

此外,西特林之后又在坎特拜尔的威胁之下登上一座尚未完工的大厦,从而体验到一种"恐惧、激动、惊叹、高兴"(138)等多种复杂情绪的交织。其实西特林在登上这座大厦之前没有太多的恐惧,反倒是看到了摩天大楼与夕阳交相辉映的一幅美丽图景:

一丛尚未盖顶的楼房框架高耸云天,闪烁着密密麻麻的灯光。过早降落的暮色以十二月特有的速度向着灿烂的西天聚拢过去,太阳像一个受了惊的狐狸倏地跳下了地平线,只剩下几缕绯红的余晖。通过高架铁的柱子间隙,我欣赏着落日的景象。未完工的摩天大楼的巨大框架渐渐变黑了,而它空荡的内部,点点灯火有如香槟酒的泡沫。竣工后的建筑物是绝不会有这种美丽的。(137)

随后，西特林随坎特拜尔一同登上大厦高层，他复杂的感受也随之得到了进一步的强化。这种复杂的感受让他意识到自己内心中渴望感官上的刺激，但在芝加哥这座繁华喧嚣的大都市中，能够给西特林带来满足的门槛似乎越来越高。只有由这座未完工的大厦所象征的一种原始的致命威胁才能成为高强度的刺激，给西特林带来激动与满足。由此，芝加哥的摩天大楼在《洪堡的礼物》中与都市中各种各样或明或暗的权利与诱惑相联系，暗示着繁华都市的迷乱与刺激。

除了豪华跑车和摩天大楼，芝加哥还因为黑帮团伙与犯罪而闻名于世。虽然这一社会问题在 20 世纪二三十年代最为突显，之后有所改善，但还是在一定程度上促成了外界对于这座城市的固有看法，并且大部分芝加哥人也并不避讳这一社会问题，甚至将其视为芝加哥所特有的一种气质。艾格林将具有这一气质的典型芝加哥人称为"骗子（the hustlers）"，并称"芝加哥的血液是骗子的血液"[1]。艾格林的这一论断是基于芝加哥城市的早期历史："他们骗来土地，他们骗了印第安人，他们夜里行骗，他们白日里也行骗。他们兜售枪支、皮毛和生皮、格罗格酒和血红的威士忌；他们用骰子或纸牌或短筒手枪行骗。"[2] 对于这样一群芝加哥人，其实很难说他们是心怀不轨的危险分子，还是充满冒险精神的商业奇才。也正是这样一群人，让芝加哥城市在短短两百年间便从美国中西部的荒原上崛起。

---

[1] Algren, Nelson. *Chicago: City on the Make*. Chicago: University of Chicago Press, 1987. 23.

[2] Ibid., 11 – 12.

在索尔·贝娄的不少作品中都可以寻觅到这样一类芝加哥人。比如，在《奥吉·马奇历险记》中，艾洪父子就是这样一类富有"芝加哥骗子"气质的人物。老艾洪一生中在通过各种手段积累了一定的个人财富的同时，也见证了这座城市的崛起："他初来芝加哥，此地还是一片沼泽；他谢世时，这儿已是一座大城市。……在他生前，作为一个建设者，他证明伟大的建筑和城市不一定要建造在奴隶的白骨上……"① 而小艾洪虽没有父亲那般精明强干，但他擅长于"许许多多小骗局"②，比如，订购他根本不打算付钱的试用品，或者故意把自己的房子烧着来骗取保险费。此外，还有小艾洪同父异母的兄弟丁巴特，他身上的匪气更为明显："他本人虽非黑社会匪徒，但对那班匪帮的新闻和所干的罪案颇感兴趣，可以称之为研究黑社会人物的业余专家；还有他那身打扮，你很可能认为他和危险人物德鲁西斯或大个子海斯·胡贝赛克油来往。"③ 正是借助于艾洪一家颇具黑帮传奇色彩的人物，贝娄精准捕捉到芝加哥人和芝加哥城市底色中那股无法抹除的荒蛮。此外，贝娄借由艾洪的高谈阔论点出芝加哥城市中的暴力与贪腐："在这个城市，一个人出门去安分守己地散步，回家时可能已被打得鼻青脸肿；他也很可能像挨到几个德国佬的拳头一样，吃到一个警察的警棍；那些个德国佬，为了要搞到几个钱到河景区的高马道上去追妞儿，就在冷僻的小巷里游荡，图谋袭击

---

① 索尔·贝娄，《奥吉·马奇历险记》，宋兆霖译，宋兆霖主编，《索尔·贝娄全集》（第一至二卷），石家庄：河北教育出版社，2002。148 页。
② 同上，100 页。
③ 同上，90 页，译文略有改动。

某个行人。"① 同时，贝娄又不仅仅停留于芝加哥城市这一根深蒂固的城市问题，而是借此进一步探究文明与人性中深藏的恶：

> 不过像芝加哥这种地方的粗野也有好处，也就不会给人以假象。因为世界上的各个大都会，都有某种原因让人觉得在人文方面是很不相同的。……看到那些美妙的事物，你会以为一切野蛮都已属于过去。你会这么想的。然后接下去你又会有另一种想法。你会看到，在他们把妇女救出煤矿，捣毁巴士底狱，废除星法院和逮捕密令，驱逐耶稣会会士，发展教育，建立医院，推广礼节的后面，他们进行了五六年的战争和革命，杀了两千万人。难道他们认为对生命的威胁就比这儿小了么？真是天大的笑话。还不如让他们更确切地说，他们摧残的大多数是好人，……最善良的人总是遭受虐待或被杀害。②

贝娄所见所述芝加哥确有其粗野的一面，但同时他也在为这座城市的粗野正名，与粗野相比更应为人所担忧的是城市的伪善。

在《洪堡的礼物》中，贝娄也着力刻画了坎特拜尔这个同样有着黑帮分子色彩的街头小流氓。主人公西特林在当代芝加哥所卷入的一系列混乱都与他有着密切联系，豪华跑车是被

---

① 索尔·贝娄，《奥吉·马奇历险记》，宋兆霖译，宋兆霖主编，《索尔·贝娄全集》（第一至二卷），石家庄：河北教育出版社，2002。117 页。

② 同上，118—119 页。

他砸的，登上摩天大楼也是受他所迫。因此，西特林认为"……他是个魔鬼，能把人搞得精神错乱。他的专长就是大吵大闹，把人引入歧途，陷进泥沼"（235）。从这种意义上看，坎特拜尔更像是芝加哥城的一种拟人化，因为1970年代的芝加哥正是被贝娄刻画成一个充满喧嚣、将主人公西特林引入歧途、迫使其陷入混乱泥沼的地方。在小说中，贝娄还通过坎特拜尔的家族历史和他本人的性格特点来暗示这种城市的拟人化。坎特拜尔的家族在芝加哥当地的黑帮圈子中也算是小有名气，特别是在20世纪上半叶。虽然到了坎特拜尔这一辈，已经不复当年的盛名，而且也渐渐远离了那些黑道业务，但坎特拜尔的这种家庭背景，使其与芝加哥最显著的城市标签有了特定的联系。此外，更重要的是，坎特拜尔的个性特征与贝娄所试图呈现的芝加哥城市气质相一致，"感情外露精神亢奋易于冲动破坏成性刚愎自用"，"坎特拜尔显示了芝加哥的这些趋向"（227），这个有着黑帮色彩的小流氓成为芝加哥不安定的社会现状的最佳代言人。

坎特拜尔与西特林两个人物之间的互动也正是城市与城市人之间的相互作用。虽然这两个人物看上去在芝加哥的生活不应有什么交集，但是两人阴差阳错地发生了关联："昨天的事已经用一条近乎神秘的纽带把我们联结在一起了。"（231）一方面，粗野的芝加哥/坎特拜尔希望借助西特林所代表的高雅艺术的力量，摆脱粗野："他也希望我把他提携一下，把他引向高尚的境地。"（228）也就是说，当西特林与芝加哥一系列的城市符号纠葛在一处时，他自己不知不觉地也被芝加哥简化为一个文化符号。著名作家西特林在多数芝加哥人看来代表着高雅文化与上流生活。芝加哥对西特林的期待是希望他"扮演一个作家的角色,而不是真正地做一名作家",也就是说,作家应该"走出房间,满世界到处飞,做演讲,剪彩",而不是过一种"独居,经常感到痛苦"① 的生活。然而,西特林并不是芝加哥所期盼的这种作家,名流酒会上见过他的人对其感到失望。对西特林来说,他也鄙视芝加哥的文化圈,认为"他们反对**真、善、美**。他们抵制光明"(88)。由此,贝娄借助西特林在1970年代的芝加哥所遭遇的一系列光怪陆离的城市符号及其背后所反映出的象征意义,批评当代大都市中的喧嚣与粗俗,西特林说:"芝加哥有的是美妙动人的事情,可是文化不包括在内。我们这个地方是一个没有文化然而又渗透着**思想**的城市。没有文化的**思想**只不过是滑稽的代名词而已。"(99)这种"滑稽"是大都市所特有的功利与市侩,工商业上的成功,经济上的腾飞,缺少了文化与文明的进步,都只是一场资本的游戏,诱惑腐蚀人心,而不能促进人本身的发展。

另一方面,粗野的芝加哥/坎特拜尔打乱了西特林原来的生活,但是在给予他精神上的困扰的同时,也在情感上与他更为贴近,因为这座城市是西特林成长的地方,承载了他的许多复杂情感与回忆。虽然西特林身边一直围绕着一群人,大多时候是精明的律师与精致的女人,但他总感觉孤单,"跟正常明智的人在一起我就感到不大自在"(364),因为西特林无法与他们产生情感上的联结。相反,虽然西特林与坎特拜尔在一起的时候常常处于一种混乱的状态,但他乐意与坎特拜尔交流,

---

① Bellow, Saul. "A World Too Much with Us". *Critical Inquiry*, Vol. 2 (1975), 7.

第三章　受困的芝加哥

因为正是坎特拜尔的粗野为其带来了更多情感上的共鸣。在西特林成为著名作家前，与大多数犹太移民家庭一样，他的青少年时代是在芝加哥破旧的贫民区度过的。虽然相比于伦敦、巴黎，甚至是纽约，芝加哥是个粗俗丑陋之地，可西特林不但选择在成名之后回到家乡，更重要的是，他从不掩饰内心里对芝加哥的依恋。在这个意义上，在1970年代繁华但嘈杂的芝加哥之外，贝娄还通过西特林对自己曾经居住过的老芝加哥的回忆，勾勒出个人与城市的情感联系，展现出一层富有情感的城市空间。这座情感之城更多地存在于西特林的内心，并与外部各种象征符号交织的大都市印象形成鲜明对比。

西特林对芝加哥的怀旧主要体现于回忆老街区、旧澡堂及初恋情人。西特林童年时的旧街区是那些波兰移民曾居住过的简陋平房、匈牙利餐厅、台球厅和殡仪馆。在《赫索格》中，主人公赫索格回忆起同样的芝加哥旧街区也满是肮脏与凄凉：

> ……那是海德公园的一部分，沉闷凄凉，但颇具特色，是**他的芝加哥**：粗大、笨拙、杂乱，一股泥味和腐臭，满地狗屎，煤烟熏黑的房屋正面，什么也没有的平板结构，毫无意义地装饰着水泥大花缸的三重门廊，花缸里只有香烟蒂和垃圾破烂；尖角瓦屋顶下的日光室，臭气冲天的巷道，阴暗的后楼梯，龟裂的混凝土地面，裂缝中长出野草，又粗又重的四乘四的篱栅保护着丛生的杂草。①

---

① 索尔·贝娄，《赫索格》，宋兆霖译，宋兆霖主编，《索尔·贝娄全集：第四卷》，石家庄：河北教育出版社，2002。334页。加粗强调根据原文添加。

无论如何，赫索格承认这是"他的"芝加哥。对于西特林而言也是同样，无论这里过去如何不堪，都是他生命中最熟悉的地方。即便是在 30 年之后，西特林不用过多回忆就能叫出每一条街道的名字，并且很乐于将童年往事讲给自己的小女儿听。旧街区给他印象最为深刻的是波兰妇女用破旧的烧水罐作为花盆所种植的那些寻常花草。它们既不名贵，也不艳丽，相反只能被称作是"城市的丑恶"（102）的一种展现。恰恰就是这些破旧的烧水罐和平凡的波兰天竺葵触动了他的感情，西特林说："我自己对城市的丑恶也深有感慨。在现代的这种赎回平凡的潮流之中，一切卑劣的东西，统统通过艺术与诗，被灵魂的至高无上的权力赎回了。"（102）在如洪堡和西特林这样的诗人、艺术家眼中，都市中光鲜亮丽的摩天大楼显得枯燥无味，诗意全无，反倒是贫民窟中的寻常花草蕴含了一种艺术的力量，而关键是诗人能够在这些城市的丑陋中发现美，发现至高无上的灵魂力量，并通过艺术救赎城市。从这种层面上来看，西特林对旧街区的感情，与其说是对当时贫民窟生活的怀旧，不如说是对这种生活中所蕴含的灵魂与艺术的力量的坚守与信仰。

可是，这个西特林熟悉的旧街区正在城市发展的进程中逐渐消失，变成仅仅在记忆中存在的乡愁，现实的城市中却难觅踪迹。当乘车路过这片曾经的波兰移民聚居地的时候，他不由得感叹："我仿佛觉得，自己像一只小鸟，在汽车后座上扑腾着飞起来，重游它昔日栖息过的红树，可是眼前却是一堆堆破汽车。"（106）如今的旧街区已经变成了波多黎各人的居住地，曾经熟悉的房屋不见了，一整条街几乎都被拆掉了："时间的废墟被推倒了,而且被堆积起来,装上卡车,然后当垃圾倒掉了。"(106)贝娄在其非虚构作品中也曾提及芝加哥城市的这一变化:"冬日,重访界区街,检视着用西班牙文涂写的字迹、那些黑黑的脸膛,读着店铺橱窗上题写的奇怪文字,那感觉,简直仿佛瑞普·凡·温克尔的那种感觉,如果他在长睡之后,所见到的不是自己的村庄,而是波多黎各首府圣胡安一个聚集区的话。"①

但是,在这种城市的新旧交替中,贝娄仍旧让西特林寻觅到了两样能够代表自己曾经生活过的旧街区的物或人,一是俄国老澡堂,二是初恋情人内奥米·卢茨。西特林从儿时起就对俄国老澡堂怀有特殊的情感,因为父亲曾带他去那里洗澡。父辈那一代人固执地相信澡堂里原始的搓澡方式对血液循环有好处,对健康有益,时至今日,仍有不少老主顾定期前往,让澡堂的生意得以维系。西特林当然不再相信那一套健康理论,但老澡堂成为父辈历史的一种延续。虽然父亲早已入土,可像他那般守旧的人仍然存在,仍然出没于这个老澡堂。西特林评价说:"他们反对现代文明,拖着脚步徘徊不前……在无意识中步调一致地反抗着历史。"(109)相比而言,"闹市区那些衣着考究、态度高傲的人"(109)在西特林眼中只是毫无文化可言的芝加哥大都市中一群进步主义的盲从者。虽然老澡堂的这些顾客们体态丑陋,举止粗鲁,但西特林在感情上与他们的距离更为接近。

---

① 索尔·贝娄,《芝加哥今昔》,李自修等译,《集腋成裘集》,宋兆霖主编,《索尔·贝娄全集:第十四卷》,石家庄:河北教育出版社,2002。300 页。

相比于粗陋的老澡堂，西特林对于内奥米·卢茨的怀念与赞美就更溢于言表了，他说："当我爱着内奥米·卢茨的时候，我感到坦然，快乐，生活充实而有意义，就是死了也心甘情愿。"（107）"如果我搂着内奥米度过一万五千个夜晚，那么，即使面临坟墓的凄清与烦恼，我也会一笑了之。"（108）西特林对于初恋情人的怀念就其本质而言是对一种真诚的人与人之间的亲密关系的渴望，他相信这种人与人之间的感情纽带能够帮助其对抗死亡的威胁、孤独的凄清与烦恼，能够使生活充满意义。口述史研究学者、作家斯特茨·特克尔（Studs Terkel）也在其记录芝加哥城市历史的非虚构作品中，描述了一位芝加哥居民记忆中人与人之间的关系更加紧密的老芝加哥："芝加哥以前是个很大的城市，但很像是小城镇。一个又一个街区本身像小城镇。人们聚在一起，亲戚相互走动，你讲更多的话，你们相互认识。"① 对贝娄笔下的人物西特林而言，同样是如此，芝加哥旧街区的意义在于人与人之间的互动与联结。

贝娄的这一主人公事业有成后回到芝加哥追寻情感诉求的叙事范式和主题在其另一部晚期作品《真情》（*The Actual*）中得到了更为集中的体现。这部中篇小说的主人公哈里退休后，带着一笔钱回到家乡芝加哥："我回到了芝加哥，因为我感情的根在这儿。"② 随后，哈里又再次更为细致地解释了其回到芝加哥的原因："很快就会看到，我有充分的理由要重新在芝

---

① Terkel, Studs. *Studs Terkel's Chicago*. New York: The New Press, 2012. 44.
② 索尔·贝娄，《真情》，主万译，宋兆霖主编，《索尔·贝娄全集：第十二卷》，石家庄：河北教育出版社，2002。94 页。

加哥定居下来。我本可以上别的地方去——上巴尔的摩或波士顿——不过各个城市之间的差异,多少只是表面经过掩饰的同一情况。在芝加哥,我有些尚未结束的感情事务。"① 与《洪堡的礼物》中的西特林一样,《真情》中的主人公哈里回到芝加哥的原因也是因为内心的情感,对其而言所有的城市尽管外在的样貌不同,但其内核是相同的,主人公哈里对那些城市并无感情上的联结。此外,哈里也同西特林一样,在回到芝加哥之初便意识到了现今这座城市中所潜藏的威胁:"在一个像芝加哥那样的地方,主要的威胁就是空虚——人与人之间的隔阂和互不相通,一种嗅起来像漂白剂的精神臭氧。"② 所以,在警惕这种人与人之间的隔阂的同时,哈里回城的目的便是重新寻回感情上的联结。但相比于西特林,哈里想要寻回的感情联结更加具体,即他高中时的初恋情人艾米。艾米是哈里与旧时芝加哥的纽带,又或者说在很大程度上,对哈里而言,艾米就象征了其情感深处所依恋的旧时家乡,是他"感情的根"。经年累月之后,哈里在闹市区第一次与艾米重逢之时,竟也认不出她来,就如同西特林所感叹的芝加哥旧街区已经消失,现今那里完全变了模样。在《真情》小说结尾,主人公哈里坦陈道:"其他的女人也许会使我想起你,但是只有一个真实的艾米。"③ 这与小说开头主人公对各个不同城市的断言相呼应,其他城市也许会与芝加哥有相似之处,会让主人公想起芝加

---

① 索尔·贝娄,《真情》,主万译,宋兆霖主编,《索尔·贝娄全集:第十二卷》,石家庄:河北教育出版社,2002。94 页。
② 同上,95 页。
③ 同上,172 页。

哥，但是能够与主人公产生情感联结的真正的芝加哥只有一个。

相比于《真情》中更为凝练的故事和主题，在《洪堡的礼物》中芝加哥曾经的旧街区对主人公西特林而言，并不只是都市中街道房屋、水泥砖石的一种客观存在，而是一种情感更为复杂的乡愁：它可以是贫民窟粗鄙外表下艺术灵魂的力量，可以是父辈历史的维系，也可以是人与人之间真挚的情感。但是，西特林对芝加哥的这些内在情感不为他人所理解。他的前妻丹妮丝将他的这种依恋称作是"低级的怀乡病"，并恶毒地攻击他说："归根结底你毕竟是从贫民窟出来的穷小子，你的心仍在老西区的臭水沟里。"（64）城市，在丹妮丝的眼中，最重要的是当前跻身名流圈子，成为城市金字塔顶端的胜利者，而粗陋的过往生活不应成为绊脚石。更让西特林失望的是，就连初恋情人在他们偶然重逢后，也对他口中所念念不忘的真挚情感不以为然，甚至说："你和你的精神生活对我将是一个负担。"（277）也就是说，西特林的情感诉求并没有在内奥米那里得到共鸣。内奥米称自己是个"平庸的女人"（278），内奥米的父亲，卢茨医生则说自己是个共和党人，这让西特林突然意识到他们将自身定义为美国大众中的一员，而将他排除在外。西特林对于老芝加哥的深厚情感和历史追忆在很大程度上并不为大多数芝加哥人所认同，因为多愁善感似乎在工商业发达的芝加哥显得不合时宜。在芝加哥与人谈生意，谈如何发财，才是在真正地谈感情，而不是像西特林这样试图用怀旧与乡愁打动芝加哥人。所以，虽然西特林是土生土长的芝加哥人，但不是一个典型的芝加哥人。

第三章 受困的芝加哥

贝娄对于芝加哥乡愁的刻画突出了主人公西特林内心的敏感，同时也与其所感受到的外部的都市嘈杂形成对比，继而塑造了"内""外"两个层面上的芝加哥城。这两个芝加哥也展现出两个鲜明的世界，两种不同的声音："外部纷扰世界传达出一股喜剧性的能量，古怪、邪恶、压抑……内在世界，那个爱的世界，则如抒情诗一般。"① 西特林在这两个世界之间挣扎，外部世界已经让他的生活深陷混乱，当他想依靠内心对于老芝加哥的那份情感得到慰藉时，却发现旧街区正在消失，同时自己的这种敏感特质在大都市中显得格格不入。西特林将自己所处的这种状态称之为"芝加哥状态"：

> 我的心理处于一种芝加哥状态之中。我该怎么描绘这种现象呢？一处于芝加哥状态，我就模模糊糊地觉得一种无名的空虚，心在扩张，感到一种难以忍受的渴望，灵魂的知觉要求表现自己，有些像服用过量的咖啡因的那种症状。同时我还有这样一种感觉，觉得自己成了外力的工具。这些外力在利用我，或者把我当人类错误的实例，或者仅仅当做未来的称心如意的事物的影子。(96)

贝娄正是通过主人公西特林在芝加哥内外交困的混乱生活，展现出当代都市人的真实状态。同时，贝娄更借助于西特林对于芝加哥的思考进一步挖掘当代大都市所面临的困境与危

---

① Clayton, John Jacob. *Saul Bellow: In Defense of Man* (Second Edition). Bloomington: Indiana University Press, 1979. 262.

机。西特林说自己回到芝加哥定居其实是怀着一个"秘密动机",即写一篇主题关于"厌烦"(boredom)的鸿篇巨制,他说:"在粗俗的芝加哥,你可以审视工业主义下人的精神状态。如果有人要带着**信仰、爱情、希望**的一种新的幻觉起来,他就必须懂得他要把这种幻觉交给谁——他就一定要懂得我们称之为厌烦的那种深沉的痛苦。"(146—147)贝娄在小说中借助西特林所说出的"厌烦"这个主题,实际上是对当代都市问题,尤其是对都市人的精神困惑的概括。贝娄认为在以往的文学表现、哲学思考和政治社会考察中,不是没有谈到过当代都市问题,许多理论家、批评家借助异化、资本、劳动分工、上帝已死等术语从不同侧面或多或少地涉及了这一领域,但是贝娄让西特林坚定地说出这些都没能把握住问题的核心。在小说中,贝娄将造成都市种种弊病的原因归根于一种无奈的选择:"一个人可以从对当代世界的信念开始——要么你燃烧,要么你腐烂。"(258)随着现代城市规模不断扩大,城市人口不断聚集,都市人的选择不是变得更加广泛与自由,相反在无形的城市竞争与运转规则压力下,每个都市人都被牢牢困守于某个固定的位置,成为巨大城市机器上的一个小部件。当能够自由"燃烧"的机会变少,进入城市更多地意味着在某个默默无闻的位置上"腐烂",大都市中便蔓延起一种"厌烦"的情绪,西特林将其概括为"厌烦是由未被利用的力量引起的一种痛苦,是被埋没了的可能性或才华造成的痛苦,而这种痛苦是与人尽其才的期望相辅相成的"(259)。

小说中最能代表这种"厌烦"对人的摧残的是诗人洪堡的遭遇。洪堡早年诗情横溢,22岁出版诗集后一举成名。当时的洪堡相信诗歌与艺术的力量,认为诗人应该与实用主义盛行的美国相抗争,而他的诗歌也被认为蕴含着希望,一种恢复美与人类精神的希望。洪堡厌弃纽约大都市的喧嚣生活,于是搬到乡下独居。但是,他的才情所带来的成功并没有维持多久,因为作为一个诗人的他,同时还是一个向往金钱与权利的美国人,他说:

"如果我还有一点诗人不应该有的财迷的话,那是有原因的……其原因是我们毕竟是美国人。我问你,假如我不在乎钱,那我还算什么美国人呢?……谁说'金钱是万恶之源'?……不,我赞成荷拉斯·华尔浦尔。华尔浦尔说,自由人考虑金钱是自然而然的。为什么呢?因为金钱就是自由。原因就在这里。"(210)

洪堡同时有四五份兼职,从出版社预支大笔稿费,寄希望于爱好文学艺术的总统候选人当选,从而自己能够成为幕僚,还处心积虑地想获得普林斯顿大学的一份优渥教职。洪堡的转变没能让他在艺术与诗歌上获得更大的自由,相反只预示了诗人才华的埋没与痛苦癫狂的蔓延。最终,洪堡在纽约被关进疯人院,出院后穷苦潦倒,半夜心脏病突发死于破旧的小旅店。

贝娄通过对洪堡的刻画,反映的是两种角色即诗人与美国人的对立,从而讨论了艺术和诗歌的力量与美国的力量之间的较量。这种较量在20世纪早期的芝加哥小说中也可以找到踪迹,例如诺里斯的《深渊》。只不过诺里斯是将这两种力量分置于两个人物身上,《深渊》小说主人公劳拉所代表的是文学艺术的力量,而作为典型的芝加哥强人和有钱人的另一个主人公杰德温所代表的是美国的力量。诺里斯最终让劳拉实现了对破产发疯的杰德温的救赎,也就是说最终让文学艺术的力量获得了胜利。但是,贝娄笔下的洪堡集这两种力量于一身,显然没有最终得到救赎的杰德温这么幸运。洪堡深陷诗人和美国人两种角色的矛盾中:一方面,他怀有幻想,希望在美国重塑艺术与诗歌,"他要把艺术圣典与工业化的美国作为平等的力量连在一起"(161);另一方面,他也意识到在美国这个物质主义至上的国家中诗人的渺小与可笑,"或许美国是不再需要艺术和内在的奇迹了,因为它外在的奇迹已经足够了"(19),例如芝加哥的那些豪华跑车和摩天大楼。作为作家的贝娄,同样在其非虚构作品中发出与诗人洪堡同样的哀叹:"曾经很长一段时间,这个世界在故事与诗歌中、在绘画中、在音乐演奏中发现美妙。现在,美妙存在于奇迹般的科技中,在现代外科手术、喷气推进、电脑、电视和探月中。文学已经无法与美妙的科技相较。"① 洪堡最后的疯狂与死亡暗示了美国力量的胜利,艺术与诗歌不可避免地衰败了,诗人成了可怜的牺牲品。洪堡去世多年之后,西特林在芝加哥的混沌中时常想起这位曾经的诗人:一方面他发觉自己所深陷的混乱与洪堡晚年的疯狂十分相似,也就是说,他同样面临着两股力量的较量,洪堡在某种程度上成了他的代言人;另一方面他意识到自己对洪堡的追思正契合了他对都市人的精神状态的研究,因为洪堡的个人悲剧展现了"厌烦"所能带来的痛苦,一直渴望燃烧自己的

---

① Bellow, Saul. "A World Too Much with Us". *Critical Inquiry*, Vol. 2 (1975), 7.

诗人，最终只能在大都市中默默腐烂，造成这种结局的原因正是强大的美国的力量的胜利。

贝娄在小说中设置了洪堡与西特林这一对互相参照人物，就美国的力量在城市中对人的控制这一主题而言，洪堡对于西特林的参照与影响尤为明显。"贝娄显然把洪堡用作西特林的镜子，让他从洪堡的遭遇中获得启迪，看清自己的问题。"① 所以说，西特林与洪堡不同，他面对都市的混乱与美国的力量的进攻首先采取了妥协政策。他不似洪堡那样抱有过分理想化的希望，"洪堡信奉的是极端的现代主义美国文化"②。相比之下，西特林则自信对于大都市的一套规则了然于胸，自诩为"城市心理学家"，因为他相信"在美国的大城市里，你所需要的是一条深广的不受影响的保护带，一大片十分重要的冷漠地带"（58）。③ 在这样的信仰之下，他从不与美国的力量正面交锋。作为一个剧作家，他明知蹩脚的导演、剧场经理和演员们正在篡改他的剧本，以期迎合美国大众的口味，但仍不动声色地每日看着他们彩排，最终演出大获成功，使他名利双收。西特林这种都市心理学上的"冷漠"即是社会学家齐美尔在论述大都市的精神生活时所提及的"厌倦（blasé）态度"④。齐美尔认为，大都会中交错纵横的强烈刺激客观上要求都市人主要以理性的方式做出反应，而不是情绪化的，因此大都会的

---

① 祝平，《索尔·贝娄小说的伦理指向》，南京：南京大学出版社，2019。197 页。
② 同上，201 页。
③ 译文略有改动。
④ 齐美尔，《大都会与精神生活》，朱生坚译，薛毅主编，《西方都市文化研究读本：第二卷》，桂林：广西师范大学出版社，2008。94 页。

精神生活本质上具有知性主义的特征，而这种生存方式下的主体必须与外部刺激达成某种妥协，也就是面对大都市，主体为了自我保护而采取的厌倦态度，这是一种消极的社会行为，所付出的代价是主体个性的取消与客观世界的贬值①。虽然知性主义可以在一定程度上保持都市人精神状态的稳定，但是过度狭隘的理性则会让都市人的精神生活远离个性的最深处，即感性的部分。从这种意义上来看，虽然厌倦态度能够在一定程度上保护都市人，但同时潜藏着深刻的精神危机。

　　西特林的这种"冷漠"妥协最终也还是在芝加哥被打破了，贝娄用西特林的跑车被砸象征了外部都市纷扰对西特林的攻陷。归根结底，西特林自我保护带的破碎源于其自身敏感的特质，从他内心中对于老芝加哥强烈的依恋不难看出，贝娄所塑造的西特林不是一个典型的知性都市人，他最本能的反应方式总是感性大于理性。也就是说，虽然西特林理性的一面让他相信自己是一个老到的城市心理学家，但最终在芝加哥的内外夹击下，他还是在美国的力量面前感到了无力，甚至觉得自己的妥协让他一直处于一种"沉沉空梦"（386）的状态。这种美国的力量，即艺术与诗歌的敌人，被贝娄称为"巨大的噪声"，他说："如果我必须为美国社会中一种与诗歌这个象征性的艺术门类相对立的力量命名，就像二战前它被命名为野蛮的庸俗一样，那我会说'巨大的噪声'。敌人是噪声。"② 贝娄

---

① 齐美尔，《大都会与精神生活》，朱生坚译，薛毅主编，《西方都市文化研究读本：第二卷》，桂林：广西师范大学出版社，2008。95—96页。
② Bellow, Saul. "Starting Out in Chicago". *The American Scholar* 44 (Winter 1974 - 1975), 77.

进一步解释说:"说是噪声,我不是指科技的噪声、金钱广告或者推销的噪声,也不是媒体的噪声、不良教育的噪声,而是指由现代生活危机所产生的过度兴奋与纷扰。"① 贝娄在《洪堡的礼物》中所探究的这种屡次战胜艺术家的美国的力量就是这"巨大的噪声"。

贝娄通过主人公西特林对都市"厌烦"的反思,发掘出当代都市的深刻问题,即造成都市人痛苦的精神生活的根源在于现代生活所带来的如同噪声般的纷扰,它在埋没个性才华的同时,也让都市人远离了感性生活,远离了对历史的追忆与怀念,远离了人与人之间真挚的情感,更远离了艺术与诗歌的力量,从而不知不觉中造成了大都市精神生活的冷漠与枯萎。贝娄在《洪堡的礼物》中对于芝加哥的刻画,不仅是他作为一名作家对一座城市的再现,更是一名知识分子对当代都市问题的洞见与忧虑。从这种意义上来看,贝娄的芝加哥不再只是一座美国城市,而是身处当代精神文化危机中的任何一座大都市。同时,贝娄在作品中所思考的大都市危机从一定程度上反映的是现代性问题,这也是一个人类文明所面临的共性问题。

芝加哥这座城市究竟对于土生土长的芝加哥人意味着什么?少年奥吉希望摆脱充斥着物质主义的城市的规训,反抗城市的控制,远离拥有两副面孔的城市人;而人到中年,西特林回到芝加哥,希冀寻回记忆中的旧街区,渴求在都市中用文学

---

① Bellow, Saul. "Starting Out in Chicago". *The American Scholar* 44 (Winter 1974 - 1975), 77.

艺术战胜物质主义，重建人与人之间的情感联结。奥吉与西特林都在城市中感到迷惘和混乱，这是典型的都市人所拥有的现代精神危机，同时也是困扰芝加哥城市发展的都市问题。这两个人物，少年奥吉与中年西特林，是在不同人生时期的同一个都市人，他们归根结底始终无法真正远离城市，注定了是困囿于都市的人，但他们始终没有放弃芝加哥这座城市，希望在个人的抗争之中为自己作为都市人找到新的出路，也为这座城市所面临的问题找到一剂良药。

结　语

　　芝加哥城市发展的车轮滚滚向前，芝加哥城市书写的脚步也在 21 世纪延续着。新锐作家约书亚·弗里斯于 2007 年出版的《曲终人散》是近年来较为突出的以芝加哥城市为背景的长篇小说作品。小说描写了世纪之交时，芝加哥一家广告公司中一群面临失业危机的职员的职场生活。大公司的职场生活这个主题相较于之前的芝加哥作家所描绘的城市生活，是一个全新的写作场景。这家广告公司位于芝加哥市中心"华丽一英里"大街上的一座摩天大楼中的第 62 层，公司职员每天过着朝九晚五的白领生活。

　　这看上去是一个完全不同于《深渊》中约吉斯所代表的蓝领工人阶层所经历的芝加哥城市，也完全不同于贝娄式的知识分子所洞见的芝加哥城市。这个全新的芝加哥的出现当然与城市经济的发展和转型直接相关，这一过程发端于 20 世纪 70 年代。特克尔在其对芝加哥城市历史的记录中，同样提到了一位 1970 年代的芝加哥居民所经历的这种新旧芝加哥的交替："二十多年来，他都住在这个街区的一幢木板房中，可'几乎一夜之间'，这里变成了一块颇具艺术风格的区域的核心。

'突然之间,我们开始有了这些其他的类型:职业人士、律师、年轻的广告大亨、银行家、股市中的神枪手、艺术家。你瞧,我们有一段时间从最底层到了最高层。'"① 这一转变在 20 世纪末至 21 世纪初已经完全成熟,芝加哥告别了那个曾经的工业城市,现如今摩天大楼里的各种跨国公司、大中型企业成为都市人最熟悉的工作场景。

然而,在现今这个为各色职业经理人、办公室职员等都市人所熟悉的芝加哥中,虽然工作和生活的场景已经截然不同,但这些都市人所面临的困惑似乎又与往昔没有什么不同。弗里斯在他的这部处女作《曲终人散》中所采用的叙述者是"我们",这个第一人称复数形式的叙述视角本身就具有非常强的暗示性,即暗示了都市人个体性的丧失。弗里斯用一种带有黑色幽默的笔调调侃道:"在这整个该死的地方大概只有那个电动削笔器是独一无二的。"② 办公大楼里的职员成百上千,但他们作为人反倒没有一只削笔器具有独特性。小说开篇对爱默生的引用也开宗明义地奠定了整部小说的这一基调:"一个人如若不能兀自独立,被当作个性鲜明的人看待,或者不能创造出来到世间本应取得的成果,反而与众人混为一谈,被人成百上千地笼统评估,以我们所属的政党或地域来推测我们的观念……这岂不是人生在世的莫大耻辱?"③ 人的个性在都市中被磨灭了,取消了,所有鲜活的个人都安全地隐藏在了复数的

---

① Terkel, Studs. *Studs Terkel's Chicago*. New York: The New Press, 2012. 43 – 44.
② 约书亚·弗里斯,《曲终人散》,李育超译,北京:人民文学出版社,2009。5 页。
③ 同上,卷首语。

结　语

"我们"背后。这种隐藏的初衷也许是为了在都市迷乱的诱惑与陷阱中时刻保持理性的警惕以保全自身，但久而久之，所产生的后果是齐美尔早在 20 世纪之初就曾指出的大都市精神危机，即由大都市中的厌倦态度所导致的都市人鲜活个性的丧失。这与贝娄在《洪堡的礼物》中所洞见的都市问题具有一致的延续性。

弗里斯作品中的"我们"其实也意识到自身所面临的问题："我们突然领悟到，我们的这份职业，每天朝九晚五例行公事，正在使我们变得越来越糟。"[①] "我们"的这种领悟也许不够清晰具体，但是"我们"中的每个人所采取的试图改变这种越来越糟的状况的努力足够清晰具体：有的人行为乖张，会用一些办公室恶作剧显示他的与众不同；有的人敏感激动，在被开除后仍旧参加会议并喋喋不休地讲述自己偷拿了离职同事的椅子的故事；有的人雷厉风行，却在乳腺癌手术前夜独自面对可能到来的可怕的死亡。也许"我们"的努力看上去都具有一股黑色幽默式的无力，但"我们"这些都市人最终还是选择做出努力，这一行动本身所透露出的形而上的意义远大于其实际所能产生的效果。所以，弗里斯笔下这些困在办公室中的职员们与贝娄笔下困于芝加哥城的人物一样，仍旧对在这座城市中冲破困局充满希望。也正是因为都市人所一贯拥有的这种对城市不灭的信念，让城市充满了人性的光辉与力量，正如弗里斯所述的沐浴在晨光下的芝加哥：

[①]　约书亚·弗里斯，《曲终人散》，李育超译，北京：人民文学出版社，2009。3 页。

太阳刚刚开始冉冉升起，整座城市如同一个无比宏大的矩阵慢慢苏醒过来，一点点阴影逐渐开始沐浴在光亮之中，直至高楼大厦、街巷里弄和远处的高速公路全都笼罩上璀璨的阳光……此时的芝加哥不同于往日那种冷峻的魅力和灰暗的外表——没有人声鼎沸，没有都市的喧嚣，还处于寂静无声的状态——简直就像是秀拉描绘出的人影斑驳、色彩鲜明的野餐场景。在窗口凝望天光逐渐放亮，这一景观显得无比壮美，……我们全部都本末倒置了。正常的上班时间应该是从晚上九点到次日凌晨五点，这样当一天的工作结束的时候我们就可以迎候太阳。夜晚所经历的绝望无助、孤立无援全都消失殆尽了，人们都说白昼具有改变一切的力量，她真真切切地感受到了。①

芝加哥这座城市在一代代文学家的反复书写之下展现出了一种复杂而独特的魅力。这座城市并不完美，尤其是在文学家的笔下，总是充满着各色诱惑人心的陷阱和牢笼，以及各种不可调和的矛盾和冲突。但同时，文学家从不曾放弃这座城市，反倒是一直对它怀抱着某种热情，坚信它应该得到某种拯救，连同居住于其中的都市人一起。都市和都市人就这样休戚与共，人在都市中迷惘，却又努力地在寻找着什么；人想摆脱城市，却又不知该何去何从。

当人类文明步入现代社会，便从根本上取消了摆脱城市的

---

① 约书亚·弗里斯，《曲终人散》，李育超译，北京：人民文学出版社，2009。225 页。

可能性。工业化的社会生产和组织形式孕育了越来越多的大都市,田园牧歌般的乡村生活注定成为遥远的过往。同时,从更深刻的时代精神层面来看,大都市与"一切坚固的东西都烟消云散了"的现代性体验不谋而合。"都市,是现代性的生活世界的空间场所。也可以说,现代性,它积累和浮现出来的日常生活只有在都市中得以表达。"① 对都市进行书写的城市文学也在某种程度上表达了这种现代性。都市生活所具备的一些独特品质,诸如"碎片化、感官刺激、物质性、丰富性、瞬间性和易逝性"② 都能够很容易地在城市文学中觅得踪迹。比如在德莱塞笔下,嘉莉妹妹初入芝加哥所见识到的琳琅满目的百货商店,就集中体现了大都市的感官刺激、物质性和丰富性;再比如在贝娄笔下,西特林回到芝加哥后与街头小流氓坎特拜尔的纠缠,透露出迷乱大都市的碎片化、瞬间性和易逝性。

当哲学家和社会学家试图用理性的语言归纳总结现代大都市所体现的一切现代性特征时,文学家所做的是用直觉和想象描绘出囿于现代性危机之下的都市人最直接的体验和情感。他们中的有些人在都市中成功了,比如成为大明星的嘉莉妹妹,至少可以说她在某种程度上是都市中的胜利者。而更多的似乎是失败者,比如最终逃离芝加哥的杰德温和劳拉、在芝加哥失去所有的约吉斯,还有被大都市判了死刑的别格。除此之外,还有贝娄笔下一系列迷惘的芝加哥人,尽管他们是土生土长的

---

① 汪民安,《身体、空间与后现代性》,南京:江苏人民出版社,2015。119 页。
② 同上。

芝加哥人，却似乎并不了解他们自己的城市，总是在其他芝加哥人眼中显得格格不入，总是在倔强地与这座都市搏斗着什么。无论是文学家笔下的哪一类芝加哥人，穿越漫漫时光回望，他们的故事其实就是芝加哥的故事，他们的精神状况其实就是芝加哥的精神状况，甚至在更大的层面上可以成为某个时代的精神状况。在这个程度上来说，城市文学也许在起初会引人关注都市中那些外在的表征，比如建筑、街道、工业区、老城区等。但其内核所关照的是都市人的内心，无论他们是外来者还是生于斯长于斯的芝加哥人，当他们被赋予了都市人的身份之后，所思所想所感都为这座城市所牵动。

参考文献

爱德华·W. 苏贾，《寻求空间正义》，高春花等译，北京：社会科学文献出版社，2016。

爱德华·格莱泽，《城市的胜利》，刘润泉译，上海：上海社会科学院出版社，2012。

本雅明，《波德莱尔笔下第二帝国的巴黎》，刘北成译，薛毅主编，《西方都市文化研究读本》（第二卷），桂林：广西师范大学出版社，2008。105—189页。

车凤成，《索尔·贝娄作品的伦理道德世界》，北京：中国社会科学出版社，2010。

道格拉斯·凯尔纳，《媒体奇观——当代美国社会文化透视》，史安斌译，北京：清华大学出版社，2003。

德波拉·史蒂文森，《城市与城市文化》，李东航译，北京：北京大学出版社，2015。

段义孚，《空间与地方》，王志标译，北京：中国人民大学出版社，2017。

厄普顿·辛克莱，《屠场》，肖乾等译，北京：人民文学出版社，1979。

方玲玲,《媒介空间论——媒介的空间想象力与城市景观》,北京:中国传媒大学出版社,2011。

冯雷,《理解空间:20 世纪空间观念的激变》,北京:中央编译出版社,2017。

弗兰克·诺里斯,《深渊——芝加哥故事》,裘因译,上海:上海译文出版社,2000。

亨利·勒菲弗,《空间与政治》,李春译,上海:上海人民出版社,2008。

胡碧媛,《厄普顿·辛克莱小说研究》,北京:中国书籍出版社,2012。

简·雅各布斯,《美国大城市的死与生》,金衡山译,南京:译林出版社,2013。

蒋道超,《德莱塞研究》,上海:上海外语教育出版社,2003。

金衡山,《欲望之城与选择的效率:城市的逻辑——〈嘉莉妹妹〉中的城市含义剖析》,《国外文学》,2018 年第 2 期,75—83 页。

金纳蒙编,《〈土生子〉新论》,北京:北京大学出版社,2007。

居伊·德波,《景观社会》,王昭凤译,南京:南京大学出版社,2007。

卡尔·桑德堡,《桑德堡诗选》,邹仲之译,上海:上海译文出版社,2018。

卡尔·史密斯,《〈芝加哥规划〉与美国城市的再造》,王红扬译,南京:译林出版社,2017。

雷蒙·威廉斯,《乡村与城市》,韩子满等译,北京:商务印书馆，2013。

李美芹，《论〈土生子〉的空间政治书写》，《外国文学》，2018 年第 3 期，133—140 页。

理查德·赖特，《土生子》，施咸荣译，南京：译林出版社，2008。

理查德·利罕，《文学中的城市——知识与文化的历史》，吴子枫译，上海：上海人民出版社，2009。

丽莎·克里索夫·鲍姆、斯蒂文·H. 科里，《美国城市史》，申思译，北京：电子工业出版社，2016。

刘彬，《"土生子"：空间意识形态的牺牲品》，《当代外语研究》，2014 年第 7 期，62—66 页。

刘易斯·芒福德，《城市发展史——起源、演变和前景》，宋俊岭、倪文彦译，北京：中国建筑工业出版社，2004。

刘易斯·芒福德，《城市文化》，宋俊岭等译，北京：中国建筑工业出版社，2008。

龙迪勇，《空间叙事学》，北京：生活·读书·新知三联书店，2015。

罗伯特·E. 帕克等，《城市社会学：芝加哥学派城市研究》，宋俊岭译，北京：商务印书馆，2012。

罗伯特·E. 帕克等，《城市：有关城市环境中人类行为研究的建议》，杭苏红译，北京：商务印书馆，2016。

马克·戈特迪纳、莱斯利·巴德，《城市研究核心概念》，邵文实译，南京：江苏教育出版社，2013。

莫里斯·迪克斯坦，《途中的镜子：文学与现实世界》，刘玉宇译，上海：上海三联书店，2008。

齐美尔,《大都会与精神生活》,朱生坚译,薛毅主编,《西方都市文化研究读本》(第二卷),桂林:广西师范大学出版社,2008。91—102页。

乔尔·科特金,《全球城市史》,王旭等译,北京:社会科学文献出版社,2014。

乔国强,《索尔·贝娄笔下的'双城记'——试论索尔·贝娄的〈院长的十二月〉》,《当代外国文学》,2011年第3期,29—35页。

让·鲍德里亚,《在使用价值之外》,戴阿宝译,《西方都市文化研究读本》(第二卷),薛毅主编,桂林:广西师范大学出版社,2008。17—29页。

孙晓忠,《单身女性:晚期资本主义的新巨人》,西奥多·德莱塞,《嘉莉妹妹》,潘庆舲译,北京:人民文学出版社,2012。568—588页。

索尔·贝娄,《奥吉·马奇历险记》,宋兆霖译,宋兆霖主编,《索尔·贝娄全集》(第一至二卷),石家庄:河北教育出版社,2002。

索尔·贝娄,《赫索格》,宋兆霖译,宋兆霖主编,《索尔·贝娄全集:第四卷》,石家庄:河北教育出版社,2002。

索尔·贝娄,《洪堡的礼物》,蒲隆译,宋兆霖主编,《索尔·贝娄全集:第六卷》,石家庄:河北教育出版社,2002。

索尔·贝娄,《集腋成裘集》,李自修等译,宋兆霖主编,《索尔·贝娄全集:第十四卷》,石家庄:河北教育出版社,2002。

索尔·贝娄,《前言》,布鲁姆·艾伦著,《走向封闭的美国精神》，缪青等译，北京：中国社会科学出版社，1994。

索尔·贝娄，《赛姆勒先生的行星》，汤永宽、主万译，宋兆霖主编，《索尔·贝娄全集：第五卷》，石家庄：河北教育出版社，2002。

索尔·贝娄，《院长的十二月》，陈永国、赵英男译，宋兆霖主编，《索尔·贝娄全集：第七卷》，石家庄：河北教育出版社，2002。

汪民安，《身体、空间与后现代性》，南京：江苏人民出版社，2015。

王育平，《都市空间与文化想象：德莱塞小说中女工形象的文化表征》，上海：上海外语教育出版社，2016。

伊塔洛·卡尔维诺，《看不见的城市》，张密译，南京：译林出版社，2012。

约书亚·弗里斯，《曲终人散》，李育超译，北京：人民文学出版社，2009。

曾绎，《〈深渊〉中的芝加哥意象》，《湖南工业大学学报（社会科学版）》，2021年第6期，125—129页。

赵霞，《城市想象和人性救赎：索尔·贝娄小说研究》，北京：中国社会科学出版社，2016。

朱振武，《生态伦理危机下的城市移民"嘉莉妹妹"》，《外国文学研究》，2006年第3期，137—142页。

祝平，《索尔·贝娄小说的伦理指向》，南京：南京大学出版社，2019。

Aarons, Victoria ed. *The Cambridge Companion to Saul Bellow.*

Cambridge: Cambridge University Press, 2017.

Algren, Nelson. *Chicago: City on the Make*. Chicago: University of Chicago Press, 1987.

Atlas, James. *Bellow: A Biography*. London: Faber and Faber Ltd. , 2000.

Baudelaire, Charles. *The Painter of Modern Life and Other Essays*. Jonathan Mayne trans. and ed. London: Phaidon Press Limited, 2001.

Bellow, Saul. "A World Too Much with Us". *Critical Inquiry* Vol. 2 (1975), 1 – 9.

Bellow, Saul. "Starting Out in Chicago". *The American Scholar* 44 (winter 1974 – 1975), 71 – 77.

Benjamin, Walter. "On Some Motifs in Baudelaire". Harry Zohn trans. Hannah Arendt ed. *Illuminations: Essays and Reflections*. New York: Schocken Books, 1968.

Benjamin, Walter. "Paris, Capital of the Nineteenth Century (1939)". *The Arcades Project*. Howard Eiland and Kevin McLaughlin trans. Cambridge, Mass. : Belknap Press, 1999.

Bloom, Harold. "Introduction". Harold Bloom ed. *Saul Bellow*. New York: Chelsea House Publishers, 1986. 1 – 7.

Brand, Dana. *The Spectator and the City in Nineteenth-Century American Literature*. Cambridge: Cambridge University Press, 1991.

Brown, Adrienne R. "Between the Mythic and the Monstrous: The Early Skyscraper's Weird Frontiers". *Journal of Modern*

Literature, 35 (Fall, 2011), 165–188.

Carpio, Glenda R. ed. *The Cambridge Companion to Richard Wright*. Cambridge: Cambridge University Press, 2019.

Clayton, John Jacob. *Saul Bellow: In Defense of Man* (Second Edition). Bloomington: Indiana University Press, 1979.

de Certeau, Michel. *The Practice of Everyday Life*. Steven Rendall trans. Berkeley, Los Angeles and London: University of California Press, 1984.

Dennis, Richard. *Cities in Modernity: Representations and Productions of Metropolitan Space, 1840–1930*. Cambridge: Cambridge University Press, 2010.

Derrick, Scott. "What a Beating Feels Like: Authorship, Dissolution, and Masculinity in Sinclair's *The Jungle*". *Studies in American Fiction*, Volume 23, Number 1, Spring 1995, 85–100.

Duvall, J. Michael. "Processes of Elimination: Progressive-Era Hygienic Ideology, Waste, and Upton Sinclair's *The Jungle*". *American Studies*, Fall 2002, Vol. 43, No. 3, 29–56.

Fuchs, Daniel. *Saul Bellow: Vision and Revision*. Durham, N. C.: Duke University Press, 1984.

Gelfant, Blanche H. "What More Can Carrie Want? Naturalistic Ways of Consuming Women". Donald Pizer ed. *The Cambridge Companion to American Realism and Naturalism*. Shanghai: Shanghai Foreign Language Education Press, 2000. 178–210.

Goffman, Ethan. "Between Guilt and Afflence: The Jewish Gaze and the Black Thief in *Mr. Sammler's Planet*". *Contemporary Literature*, 38 (Winter, 1997), 705 – 725.

Graham, Don. *The Fiction of Frank Norris: The Aesthetic Context*. Columbia & London: University of Missouri Press, 1978.

Howe, Irving. "The City in Literature". Nina Howe ed. *A Voice Still Heard: Selected Essays of Irving Howe*. New Haven and London: Yale University Press, 2014. 161 – 177.

Køhlert, Frederik Byrn. *The Chicago Literary Experience: Writing the City, 1893 – 1953*. Copenhagen: Museum Tusculanum Press, 2011.

Lefebvre, Henri. *The Production of Space*. Donald Nicholson-Smith trans. Malden, Oxford and Victoria: Blackwell Publishing, 1991.

Lefebvre, Henri. *The Urban Revolution*. Robert Bononno trans. Minneapolis and London: University of Minnesota Press, 2003.

Lundblad, Michael. *The Birth of a Jungle: Animality in Progressive-Era U.S. Literature and Culture*. New York: Oxford University Press, 2013.

Mayer, Harold M. & Richard C. Wade. *Chicago: Growth of a Metropolis*. Chicago and London: The University of Chicago Press, 1973.

McNamara, Kevin R. ed. *The Cambridge Companion to the City in Literature*. Cambridge: Cambridge University Press, 2014.

Moghtader, Michael. "Discursive Determinism in Upton Sinclair's *The Jungle*". *CEA Critic*, Spring and Summer 2007, Vol. 69, No. 3, 13 – 27.

Mookerjee, R. N. *Art for Social Justice: The Major Novels of Upton Sinclair*. Metuchen, N. J., and London: The Scarecrow Press, Inc., 1988.

Pacyga, Dominic A. *Chicago: A Biography*. Chicago: The University of Chicago Press, 2009.

Parker, Simon. *Urban Theory and the Urban Experience: Encountering the City*. London and New York: Routledge, 2004.

Pizer, Donald. *American Naturalism and the Jews: Garland, Norris, Dreiser, Wharton, and Cather*. Urbana: University of Illinois Press, 2008.

Pizer, Donald. *The Novels of Frank Norris*. Bloomington & London: Indiana University Press, 1966.

Pughe, Thomas. "Reading the Picaresque: Mark Twain's *The Adventures of Huckleberry Finn*, Saul Bellow's *The Adventures of Augie March*, and More Recent Adventures". *English Studies*, 77, 1996, 59 – 70.

Puskar, Jason. "Hypereconomics: Frank Norris, Thomas Piketty, and Neoclassical Economic Romance". *Studies in American Naturalism*, Volume 12, Number 1, Summer 2017, 28 – 49.

Sampson, Robert J. *Great American City: Chicago and the Enduring Neighborhood Effect*. Chicago and London: The

University of Chicago Press, 2012.

Sharpe, William Chapman. *Unreal Cities: Urban Figuration in Wordsworth, Baudelaire, Whitman, Eliot, and Williams.* Baltimore and London: The Johns Hopkins University Press, 1990.

Smith, Carl S. *Chicago and the American Literary Imagination 1880 – 1920.* Chicago and London: University of Chicago Press, 1984.

Sullivan, Louis H. "The Tall Office Building Artistically Considered (1896)". Leland M. Roth ed. *America Builds: Source Documents in American Architecture and Planning.* New York: Harper & Row, 1983.

Tambling, Jeremy. *Dickens' Novels as Poetry: Allegory and Literature of the City.* New York and London: Routledge, 2015.

Tavernier-Courbin, Jacqueline. "*The Call of the Wild* and *The Jungle*: Jack London's and Upton Sinclair's Animal and Human Jungles". Donald Pizer ed. *The Cambridge Companion to American Realism and Naturalism.* Shanghai: Shanghai Foreign Language Education Press, 2000. 236 – 262.

Terkel, Studs. *Studs Terkel's Chicago.* New York: The New Press, 2012.

Varvogli, Aliki. "The Death of the Self? Narrative Form, Intertextuality, and Autonomy in Joshua Ferris's *Then We*

Came to the End". *Modern Fiction Studies*, Volume 65, Number 4, Winter 2019, 700–718.

Walcutt, Charles Child. *American Literary Naturalism, a Divided Stream*. Westport, Connecticut: Greenwood Press, Publishers, 1976.

Wasserman, Renata R. Mautner. "Financial Fictions: Émile Zola's *L'argent*, Frank Norris' *The Pit*, and Alfredo de Taunay's *O encilhamento*". *Comparative Literature Studies*, Volume 38, Number 3, 2001, 193–214.

West, Lon. *Deconstructing Frank Norris's Fiction: The Male-Female Dialectic*. New York: Peter Lang Publishing, Inc., 1998.

Wirth-Nesher, Hana. *City Codes: Reading the Modern Urban Novel*. Cambridge: Cambridge University Press, 1996.

Wood, Adam H. "'Fighting Against the Earth Itself': Sadism, Epistemophilia, and the Nature of Market Capitalism in Frank Norris's *The Pit*". *Studies in American Naturalism*, Volume 7, Number 2, Winter 2012, 151–175.

Yablon, Nick. "Echoes of the City: Spacing Sound, Sounding Space, 1888–1916". *American Literary History*, Volume 19, Number 3, Fall 2007, 629–660.

Zimmerman, David A. "Frank Norris, Market Panic, and the Mesmeric Sublime". *American Literature*, Volume 75, Number 1, March 2003, 61–90.

致 谢

书稿完成的这个时间点有一种微妙的巧合,自来到上海读书至今已有近二十年,而自己离家也差不多是在十八九岁,这样看来在上海的日子占到了自己目前人生中的一半时光。突然之间,拿着行李,父母送我走出家门的那一幕变得无比清晰。父亲的话从记忆深处一字一句地传来:"你这一步迈出家门,往后离开家的日子只会越变越长。"年少的自己当时听了这话只觉得父亲有些分别时的矫情,也并没有真的放在心上。可这句话不知怎的就印在了心上,来到上海后偶尔会想起。

父亲这么说也许是因为他也有一样的经历:恢复高考后去外地读书,毕业后分配到省城,就再也没有回到老家常住。即便如今我已经在上海成家,工作生活的重心全然在此,可是我还是会忍不住问自己:上海这座城市是我可以称之为家的地方吗?我真的了解并且认识这座城吗?我是这里的一分子吗?当我认真思考这一连串的问题时,不知不觉中发掘了自己对于城市文学的研究兴趣。虽然这不是一部针对上海城市文学的研究,但也许首先我需要感谢的是上海这座城市。

借此机会,我还需要感谢的是所有关心、帮助过我的师长,特别是我的导师张冲老师。师长们的教导不仅引领我在文学研究的道路上前行,他们的治学态度和为人品格更让我终身受益。

此外,我最想感谢的还有我的父母、先生和孩子,感谢他们对于我无私的支持和爱。同时,感谢教育部人文社会科学研究青年基金项目的资助,感谢出版社的责编罗兰。

书稿仓促写就,不少观点和内容囿于我有限的学术积累和阅读,难免有不少偏颇和不足之处,还望各位专家读者不吝赐教,不胜感激。

管阳阳

2021年12月 于复旦大学

图书在版编目(CIP)数据

笔端的芝加哥:美国文学中的城市书写/管阳阳著.—上海:复旦大学出版社,2021.12
ISBN 978-7-309-15728-4

Ⅰ.①笔… Ⅱ.①管… Ⅲ.①都市文学-文学研究-美国 Ⅳ.①I712.06

中国版本图书馆 CIP 数据核字(2021)第 110934 号

笔端的芝加哥:美国文学中的城市书写
管阳阳 著
责任编辑/罗 兰

复旦大学出版社有限公司出版发行
上海市国权路 579 号 邮编:200433
网址:fupnet@fudanpress.com http://www.fudanpress.com
门市零售:86-21-65102580 团体订购:86-21-65104505
出版部电话:86-21-65642845
江苏凤凰数码印务有限公司

开本 890×1240 1/32 印张 6 字数 130 千
2021 年 12 月第 1 版
2021 年 12 月第 1 版第 1 次印刷

ISBN 978-7-309-15728-4/I·1277
定价:32.00 元

如有印装质量问题,请向复旦大学出版社有限公司出版部调换。
版权所有　侵权必究